11

Klarant Verlag

Susanne Ptak wurde 1964 in Düsseldorf geboren. 2003 zog sie mit ihrem Ehemann ins schöne Ostfriesland, wo sie vier Jahre lang eine kleine Schafskäserei betrieben haben. Die Autorin liebt Krimis, in denen sie ihre Leidenschaft für Schafe, Wolle, Ostfriesland und leckeres Essen mit einfließen lässt.

Susanne Ptak

Mord in Holtland

Ostfrieslandkrimi

Klarant Verlag

Klarant Verlag, www.klarant.de – www.ostfrieslandkrimi.de
ISBN: 978-3-96586-215-9
1. Auflage 2020
Umschlagabbildung: Klarant Verlag

Printed in the EU.

Prolog

Clarissas Augen schmerzten. Sie hatte keine Tränen mehr, denn sie weinte, seit sie es vorgestern erfahren hatte. Er war tot! Niemals wieder würde sie ihn sehen dürfen, nicht mit ihm reden, seine zärtlichen Hände nicht mehr auf ihrem Körper spüren. Die Sehnsucht nach ihm nahm ihr schier den Atem.

Mit einem verzweifelten Schrei sprang Clarissa auf. Sie musste hier raus! Raus aus ihrem kleinen Haus, in dem ihr aus jedem Winkel die Erinnerung an glückliche Stunden zu zweit entgegenbrüllte. Unbewusst nahm sie Handy und Haustürschlüssel vom Tisch, eilte zur Tür, riss sie auf und stürmte ins Freie.

Die Sonne senkte sich bereits zum Horizont, doch der Abend war nach dem vorangegangenen heißen Sommertag sehr warm. Eine Jacke würde sie nicht brauchen. Ohnehin schien sie jedes Empfinden für Temperaturen verloren zu haben. Auch wusste sie nicht, wohin sie gehen sollte, sondern lief einfach drauflos, die Straße entlang. Nach einer Weile bog sie in einen von Bäumen gesäumten Feldweg ab. Hier würde um diese Zeit niemand entlangkommen. Vielleicht gelang es ihr, sich hier ein wenig zu beruhigen.

Weiter und weiter eilte sie mit schnellen Schritten. Die einzigen Geräusche, die sie vernahm, waren ihr eigenes, inzwischen angestrengtes Atmen und die Heuschrecken, die im Gras am Wegesrand ihr abendliches Konzert angestimmt hatten. Clarissa verlangsamte ihr Tempo. Was war nur geschehen? Wie konnte er plötzlich tot sein? Noch vor drei Tagen hatte er ihr geschrieben, wie sehr er sie vermisste und was er mit ihr täte, sobald sie sich wiedersahen. Auf ihre Antwort hatte er nicht mehr reagiert. Und dann …

Clarissa fuhr herum. Ein metallisches Klappern, das so gar nicht in die Stille passte, nur wenige Meter hinter ihr. »Ist da jemand?«, fragte sie laut.

Inzwischen war es dunkel geworden und hier, zwischen Weiden und Äckern, gab es keinerlei Beleuchtung. Dennoch glaubte Clarissa, eine Bewegung wahrgenommen zu haben. »Hallo?«, rief sie darum noch einmal.

Ein erschrockener Schrei entfuhr ihr, als es plötzlich laut schepperte, so, als habe jemand ein Fahrrad umgestoßen. »So antworten Sie doch!«

Irgendwer oder irgendetwas schlich hinter den Bäumen am Feldrand durch das Gras.

Nun bekam Clarissa es wirklich mit der Angst zu tun. Die Gedanken rasten durch ihren Kopf. Erst gestern waren ganz in der Nähe Schafe von Wölfen gerissen worden!

›Spinn nicht rum!‹, schalt sie sich selbst. ›Wölfe kommen nicht mit dem Fahrrad!‹ Clarissa zog das Smartphone aus ihrer Hosentasche. »Ich rufe jetzt die Polizei!«, verkündete sie in die Dunkelheit.

Das Rascheln kam näher. Bis die Polizei hier eintraf, konnte Gott weiß was geschehen sein. Sie rannte los.

Es schepperte erneut, als Clarissa über das fallengelassene Fahrrad stolperte. Sie schrie auf, als sie hart auf den festgefahrenen Boden stürzte. Schnell wollte sie sich hochrappeln, doch ein stechender Schmerz in ihrem rechten Sprunggelenk ließ sie erneut aufschreien.

Jemand kam rasch näher.

»Bitte!«, wimmerte Clarissa. »Helfen Sie mir! Ich glaube, mein Fuß ist schlimm verstaucht.«

Eine dunkel gekleidete Gestalt trat nun dicht an sie heran, doch Clarissa konnte nur ein weißes Schimmern der Augen erkennen. Sie spürte mehr, als dass sie sah, wie die Gestalt einen Arm hob. Dann sauste etwas brutal auf ihren Kopf hernieder.

Clarissa merkte nicht mehr, wie die Gestalt sie von dem Rad herunterzerrte, das Bike aufrichtete und dann in der Dunkelheit verschwand.

Kapitel 1

»Na, das ging doch.« Britta wischte sich die Hände an den Hosenbeinen ab und warf einen zufriedenen Blick in den gemieteten LKW. »Den haben wir doch zügig ausgeladen.«

»Ähm … Schatz«, unterbrach Steffen Köster die Euphorie seiner Frau. »Schau mal genau hin. Wenn mich nicht alles täuscht, dann ist das die Rückwand eines Kleiderschranks und nicht die des LKW …«

»So ist es«, bestätigte Josefine Brenner diese Vermutung. »Und die Teile des Kleiderschranks hatten wir so ungefähr auf der Hälfte eingeladen.«

»Ach, herrje!«, seufzte Britta.

»Ich wollte ein Umzugsunternehmen beauftragen«, erinnerte Josefine. »Ihr habt alle gesagt, dass es rausgeschmissenes Geld sei, und behauptet, ihr würdet das locker schaffen.«

»So ist es ja auch, Oma.« Josefines Enkel Jonas trat aus der Haustür. »Hatte nur keiner damit gerechnet, dass du ausgerechnet am heißesten Tag des Jahres umziehst.« Er wischte sich mit einer theatralischen Geste den Schweiß von der Stirn.

Theda Borchers, Josefines beste Freundin, tauchte hinter Jonas auf. »Jetzt macht ihr erst einmal Pause. Im Garten gibt's Kuchen und wahlweise Kaffee oder Eistee.« Theda war schon früh von Pilsum nach Holtland gefahren, um Josefine in ihrem neuen Zuhause willkommen zu heißen und sie tatkräftig beim Einzug zu unterstützen. Und natürlich hatte sie für diesen Anlass gestern noch mehrere Kuchen gebacken und außerdem etliche Salate zur Verpflegung der Helfer zubereitet, die zurzeit im Kühlhaus der Schafskäserei Janssen zwischengelagert waren. Am Abend würden alle Beteiligten den arbeitsreichen Tag mit einem gemütlichen Grillfest beenden.

»Nun stellt euch doch nicht so mädchenhaft an«, schimpfte Jessica, Josefines Enkelin, vom LKW herab. »Hier ist ein ganzes Rudel Leute, die anpacken können!« Um ihre Worte zu unterstreichen, nahm sie ein Teil der besagten Schrankrückwand und reichte es ihrem Freund Ralf Toben an. »Los jetzt! Die Schrankteile wuchten wir noch ins Schlafzimmer und dann machen wir Pause.«

Alle packten noch einmal mit an und zehn Minuten später versammelten sie sich auf der großen, überdachten Terrasse, wo Theda den Tisch mit von Martha und Werner geliehenem Porzellan gedeckt hatte. Die Familie Harms wohnte gleich nebenan und so hatte sie nicht erst nach den Kartons suchen müssen, die Josefines Geschirr enthielten.

Josefine lächelte beim Anblick all der Freunde. Obwohl sie siebenundsiebzig Jahre in Düsseldorf gelebt hatte, wäre die Tafel dort nicht einmal ansatzweise so lang gewesen. Und auch wenn ihre Familie nicht mit nach Ostfriesland zog, war sie sicher, dass sie diesen Schritt nicht bereuen würde.

Sie wurde abgelenkt, als es plötzlich in der Hortensie neben der Terrasse raschelte und sich die Zweige des Busches bewegten, obwohl es überhaupt keinen Wind gab. Ein lautes Lachen entfuhr ihr, als Sir Toby, ihr Mopsrüde, über und über mit Gartenerde verschmutzt, aus dem Geäst krabbelte.

»Ferkel!«, rief Sarah, als der Hund sich gleich neben ihr heftig schüttelte und die Erde zu allen Seiten hin aus seinem Fell flog.

Lachend schnitt Theda einen der Kuchen an und verteilte die Stücke dann auf die Teller, die ihr entgegengehalten wurden.

Nico schenkte Kaffee ein.

Gerade wollte Werner Harms das erste Stück Kuchen kosten, da ertönte die Titelmusik der Fernsehserie *Tatort* aus seiner Hemdentasche. »Och, nö«, seufzte Werner und zog sein Smartphone hervor. Da die meisten seiner Freunde gerade mit ihm zusammensaßen und ihn folglich auch nicht anrufen würden, schaute er gar nicht erst auf das Display, sondern meldete sich ganz formell: »Kriminalpolizei Leer, Hauptkommissar Harms.«

»Moin Werner, tut mir leid, euer Wochenende zu ruinieren«, sagte der Anrufer, den der Hauptkommissar anhand der

Stimme sofort als Kai-Uwe Hanken, den Leiter der kriminaltechnischen Abteilung, identifizierte.

»Moin Kai-Uwe. Sag mir bitte nicht, dass es eine Leiche gibt.«

»Ich könnte es dir natürlich verschweigen, aber davon verschwindet die Tote auch nicht. Und der Chef meinte, wir sollten dich lieber jetzt schon informieren, bevor wir riskieren, dass du am Montag rumheulst, weil du nicht sofort in diesem Fall ermitteln konntest. Alles weist auf Tod durch Fremdeinwirkung hin.«

»Schon gut«, unterbrach Werner unwirsch. »Wir sind ja ohnehin dieses Wochenende in Bereitschaft. Wo wurde die Leiche gefunden?«

»Gar nicht weit von euch entfernt.« Hanken beschrieb Werner den Fundort. »Wir sind bereits vor Ort und haben mit der Spurensicherung begonnen.«

»In Ordnung. Dann sehen wir uns in ein paar Minuten.«

Die anderen hatten das Telefongespräch angespannt verfolgt, sobald sie hörten, wie Werner den Anrufer mit Kai-Uwe begrüßte. Nun warteten sie ungeduldig darauf, dass Werner sie informieren würde.

Doch der Hauptkommissar ließ seinen Blick erst einmal nachdenklich über die Anwesenden schweifen.

»Was ist nun?«, wollte sein Freund und Kollege Kriminaloberkommissar Steffen Köster endlich wissen.

»Wir haben einen Leichenfund in Holtland«, antwortete Werner knapp und schaute weiterhin nachdenklich drein.

Die Auricher Kommissare Andreas Coordes und Ralf Toben grinsten.

»Also, falls ihr Unterstützung braucht …«, bemerkte Ralf.

Jessica knuffte ihm in die Seite. »Das könnte dir so passen. Hier gibt's noch so einiges zu tun und das ist unse… ähm … nicht eure … Zuständigkeit.«

»Trotzdem würde ich euch Josefine gerne entführen«, ergriff nun Werner wieder das Wort. »Es ist Wochenende und bis die Rechtsmedizin vor Ort ist …«

»Kein Thema«, antwortete Theda sofort. »Wir kriegen das auch ohne Josefine hin. Los, verschwindet schon.«

Josefine indes, die normalerweise durch nichts aufzuhalten war, wenn es darum ging, bei polizeilichen Ermittlungen behilflich zu sein, blieb sitzen und starrte ihre Enkelin an. »Was wolltest du gerade sagen?«, hakte sie nach.

Jessica versuchte sich in einer Unschuldsmiene, die jedoch gründlich misslang. »Was meinst du?«, fragte sie.

»Du wolltest sagen ›das ist unsere Zuständigkeit‹ und hast im letzten Moment in ›nicht eure‹ korrigiert.«

Jessica wechselte einen Blick mit Werner Harms.

Der lächelte und nickte ihr aufmunternd zu.

»Also gut.« Jessica stand auf und blickte in die Runde. »Eigentlich wollte ich es ja erst heute Abend feierlich verkünden, aber wo ich mich nun schon verquatscht habe …« Sie lächelte ihre Großmutter an. »Ich habe einen Tauschpartner gefunden und werde zum nächsten Ersten zur Polizei Niedersachsen wechseln. Genauer gesagt zur Polizei Leer-Emden.«

Sofort schossen Josefine Freudentränen in die Augen. Sie sprang auf und schloss Jessica fest in die Arme. »Du kannst dir gar nicht vorstellen, wie sehr ich mich freue«, flüsterte sie ins Ohr ihrer Enkelin, während auch die Freunde lautstark ihrer Begeisterung Ausdruck verliehen.

»Doch, kann ich«, flüsterte Jessica zurück. »Und ich bin genauso glücklich darüber.«

Ralf Toben grinste so breit wie ein Honigkuchenpferd. Auch er war überglücklich, dass die nun schon mehrere Jahre andauernde Fernbeziehung endlich ein Ende haben würde. Zwar arbeiteten Jessica und er zukünftig auch nicht bei derselben Dienststelle, aber immerhin konnten sie nun endlich zusammenleben.

Steffen und Werner hatten sich erhoben. Werner nickte Jessica und Josefine zu. »Kommt ihr?«

»Ich auch?«, fragte Jessica überrascht.

»Sicher. Bis zum nächsten Ersten sind es nur noch vierzehn Tage hin. Bis dahin kannst du doch schon mal weiter lernen, wenn du quasi schon am Tatort bist. Oder willst du behaupten, dass du lieber hierbleibst, um Kartons auszupacken?«

Jessica lachte. »Sicher nicht!«

Josefine holte noch rasch ihre riesige Lederhandtasche, aus der sie häufig hilfreiche Dinge hervorzauberte, die niemand in einer Handtasche vermuten würde. Immer wieder rief sie damit höchstes Erstaunen bei anderen hervor.

Kurz darauf machten sie sich im Dienstwagen der Kommissare auf den Weg.

Kapitel 2

»Wir hätten mit dem Fahrrad fahren können«, stellte Josefine fest, als sie nach wenigen Minuten die Einsatzfahrzeuge am Straßenrand stehen sah.

Kai-Uwe Hanken, bereits in den weißen Overall der Spurensicherer gekleidet, wartete an einem Feldweg, der von der Siebestocker Straße abführte. Er bedeutete ihnen, ebenfalls am Straßenrand zu parken und nicht in den eigentlich nur landwirtschaftlich genutzten Weg zu fahren.

Steffen lenkte den Kombi auf den mit Gras bewachsenen Seitenstreifen, stellte den Motor ab und die vier stiegen aus.

»Ich bin überrascht, dass nicht du die Leiche gefunden hast«, begrüßte Hanken Josefine mit einem Augenzwinkern. »Werden wir zukünftig mehr zu tun bekommen? Ich meine, wo du doch jetzt hier wohnst.«

Josefine lachte, während der Kriminaltechniker auch Jessica und den Kommissaren die Hand schüttelte. »Ich hoffe nicht«, sagte sie dann und schaute schon in den Feldweg, wo bereits Hankens Kollegen ihren Dienst versahen.

»Wisst ihr schon, wer die Tote ist?«, wollte Steffen wissen, während sie alle in die Schutzkleidung schlüpften.

Kai-Uwe Hanken winkte eine junge Polizeibeamtin in Uniform herbei. »Das ist Polizeikommissarin Sina Timmermans. Sie sagt, sie weiß, wer die Frau ist.«

»Moin«, grüßte Sina.

»Sie kennen die Tote?«, fragte Werner.

Die Polizeikommissarin nickte. »Clarissa Kaufmann.« Sie nannte die Adresse. »Ich habe sie bei einem Einsatz kennengelernt.«

»Ah. Worum ging es da?«

»Sie war wohl im Tierschutz aktiv. Vor zwei Monaten haben wir einen Hof von Animal-Hordern hochgenommen. Clarissa war an dem Tag vor Ort und half, die verwahrlosten Tiere da rauszuholen und entsprechend unterzubringen.« Sina teilte

Werner die Einsatzadresse und den Namen der Tiersammler mit.

»Ist Frau Kaufmann mit den Leuten aneinandergeraten?«, wollte Jessica wissen.

Sina zuckte die Schultern. »Wenn, dann habe ich es nicht mitbekommen. Vielleicht einer der anderen Kollegen. Wir waren mit drei Streifen im Einsatz, weil es hieß, dass auch Schusswaffen dort gelagert seien, was tatsächlich so war.«

»In Ordnung. Wir schauen uns den Bericht später an. Danke, Frau Timmermans.«

Während Steffen, Werner und Jessica mit der Kollegin sprachen, hatten Josefine und Kai-Uwe sich schon in Richtung des Tatorts aufgemacht.

»Kein schöner Anblick«, warnte der Kriminaltechniker.

»Ehrlich gesagt, habe ich noch nie ein Mordopfer gesehen, das einen schönen Anblick bot. Es ist sicher, dass es sich um einen Tod durch Fremdeinwirkung handelt?«

Hanken nickte. »Mit absoluter Sicherheit hat sie sich diese Verletzung nicht selbst beigebracht, nach einem Unfall sieht das auch nicht aus und außerdem haben wir keine Tatwaffe in der Nähe der Leiche gefunden.«

»Habt ihr die Spuren um die Leiche herum schon gesichert?«

Wieder nickte Kai-Uwe. »Fotos sind auch schon gemacht worden. Du kannst also frei agieren.«

»Oha!«, machte Josefine, als sie die tote Clarissa Kaufmann erreicht hatten. Obwohl es kaum nötig war, trat die ehemalige Rechtsmedizinerin dicht an die Leiche heran, ging in die Hocke und betrachtete die schwere Kopfwunde genau. »Selbstmord oder Unfall kann definitiv ausgeschlossen werden«, stimmte sie dem Kriminaltechniker zu und richtete sich wieder auf. »Ein Beil, würde ich vermuten.«

»Autsch!«, entfuhr es Jessica, die ihrer Großmutter inzwischen mit Steffen und Werner gefolgt war.

»Nee, gemerkt hat sie nicht mehr viel«, entgegnete Josefine und wies auf die Wunde. »Siehst du, dass nur verhältnismäßig wenig Blut vorhanden ist? Sie ist sehr schnell gestorben.«

Jessica nickte. »Zum Glück.«

»Können wir davon ausgehen, dass die Frau hier umgebracht wurde?«, erkundigte sich Werner bei Kai-Uwe.

»Ja. Alle Spuren weisen darauf hin. Außerdem scheint der Täter mit dem Fahrrad gekommen zu sein, während das Opfer zu Fuß unterwegs war. Hier sind überall Reifenabdrücke, wenn auch nur sehr schwach erkennbar, und unter einem Bein lag eine Fahrradspeiche. Eine weitere fanden wir ein Stück den Weg hoch in Richtung Straße.«

»Könnt ihr von den Reifenabdrücken und den Speichen auf Art und Marke des Rades schließen?«, wollte Steffen wissen.

»Ein Kollege behauptete, er wisse auch ohne genauere Untersuchung, dass es sich um ein Hollandrad handelt. Ich gehe davon aus, dass er recht hat. Und was das bedeutet, kannst du dir ja wohl an fünf Fingern ausrechnen.«

»Das Rad hilft uns nur dann weiter, wenn wir es zufällig mit kaputten Speichen vor der Tür des Mörders finden?«

»So ist es.«

»Kannst du uns schon etwas zum Todeszeitpunkt sagen?«, wandte sich Werner an Josefine, die noch mit der Untersuchung der Leiche beschäftigt war. Gerade hatte sie eine Spritze und ein Medikamentenfläschchen aus ihrer Handtasche hervorgezaubert.

»Ein wenig Geduld bitte noch.« Sie zog die Spritze auf und Werner wandte sich rasch ab, als er sah, dass die pensionierte Rechtsmedizinerin sich am linken Auge der auf der Seite liegenden Leiche zu schaffen machte.

Wenig später erhob sich Josefine, überreichte die Spritze einem der Kriminaltechniker zur Entsorgung und wandte sich den Kommissaren zu. »Die Leichenstarre ist voll ausgeprägt und Pupillenveränderungen lassen sich nur noch äußerst schwach hervorrufen«, erklärte sie. »Frau Kaufmann ist also vor circa fünfzehn Stunden gestorben.«

»Die rennt im Dunkeln hier durch die Felder?«, bemerkte Jessica. »Ob sie einen Hund dabeihatte? Ich meine, welchen Grund gäbe es sonst, bei Nacht und Nebel zwischen Äckern herumzustolpern?«

»Gut möglich.« Werner nickte und wies auf etliche Pfotenabdrücke im Boden, die allerdings zu einem Zeitpunkt entstanden sein mussten, als der Weg matschig und nicht so staubtrocken wie jetzt gewesen war.

»Die sind aber älteren Datums«, sagte Hanken. »Hundespuren, die aus der vergangenen Nacht stammen, konnten wir bisher nicht finden, was allerdings daran liegen könnte, dass es so trocken ist. Wie schon erwähnt, auch die Radspuren waren nur schwer auszumachen, und wenn es ein kleiner, leichter Hund war ...«

»Hundeleute dürften hier jedenfalls häufiger spazieren gehen. Wir werden uns ohnehin gleich mal im Haus des Opfers umsehen. Dann werden wir ja herausfinden, ob sie einen Hund hielt. Trug sie irgendetwas bei sich?« Er schaute den Leiter der Kriminaltechnik an.

»Nur ihre Schlüssel«, antwortete Kai-Uwe Hanken.

»Kein Handy, keine Brieftasche, keine Taschenlampe?«, hakte Steffen nach.

Hanken schüttelte den Kopf. »Wenn ich sage, sie hatte nur einen Schlüssel dabei, dann hatte sie nur den. Durch Fragen kommt nix dazu.«

»Also könnte es ein Raubüberfall gewesen sein«, schlussfolgerte Jessica. Sie wies auf die komplett bekleidete Tote. »Nach einer sexuell motivierten Tat sieht es ja auf den ersten Blick nicht aus.«

»Das wird Paul herausfinden müssen. Ich werde das arme Mädchen jetzt sicher nicht unter freiem Himmel entkleiden«, verkündete Josefine.

»Raubüberfall klingt gut für mich«, sagte Steffen. »Vielleicht verfolgte der Täter Frau Kaufmann schon von zu Hause aus und wartete auf eine günstige Gelegenheit, die er ja hier im Nirgendwo definitiv hatte.«

»Und der Hund?« Werner zweifelte an dieser Theorie.

»Zuerst einmal wissen wir ja gar nicht, ob sie überhaupt einen Hund dabeihatte. Und es ist ja gut möglich, dass der Täter Hund und Opfer persönlich kannte.«

»Wie auch immer. Vom Diskutieren der Theorien zwischen Äckern und Wiesen kommen wir sicher nicht weiter.« Wieder wandte sich Werner an Kai-Uwe: »Ihr lasst bitte die Leiche in die Rechtsmedizin bringen. Wir werden uns mal in der Wohnung des Opfers umsehen. Wer hat den Schlüssel?«

»Die Kollegin Timmermans hat den sichergestellt«, informierte der Kriminaltechniker.

Werner nickte. »In Ordnung. Wir sehen uns spätestens morgen auf der Dienststelle oder du musst noch zum Haus des Opfers kommen, falls uns dort etwas relevant erscheint.«

»Oder du besuchst mich heute Abend in meinem neuen Haus, falls Letzteres nicht eintrifft«, schlug Josefine vor. »Wir werden den Grill anfeuern. Deine Frau ist selbstverständlich auch herzlich eingeladen.«

»Ich weiß nicht, ob Regina schon etwas geplant hat, aber falls nicht, nehme ich die Einladung auch in ihrem Namen gerne an.«

»Fein!«, freute sich Josefine. »Dann hoffe ich, dass wir uns später sehen. Adresse hast du?«

»Gleich neben Martha und Werner, wenn ich richtig informiert bin.«

»Genau.«

Die vier verabschiedeten sich von den Kollegen. Werner ließ sich von Sina Timmermans den Schlüssel zu Clarissa Kaufmanns Haus aushändigen und erkundigte sich nach der Anschrift, die die junge Polizistin bereits über Funk ermittelt hatte.

Kapitel 3

Die Straße, in der das Mordopfer gewohnt hatte, lag ruhig und friedlich in der Hitze des frühen Nachmittags. Nicht einmal Vogelgezwitscher oder der Lärm spielender Kinder war zu hören, als die Kommissare und Josefine vor Clarissas Haus aus dem Auto stiegen.

»Aha!« Werner wies auf ein Schild am Gartentor. ›Warnung vor dem Hund‹, war darauf zu lesen.

»So alt, wie das Ding aussieht, könnte der Hund, für den es angebracht wurde, schon vor Jahrzehnten über die Regenbogenbrücke gegangen sein«, stellte Jessica fest und öffnete das Tor. Die offenbar schon seit längerer Zeit nicht geölten Angeln quietschten erstaunlich laut in der herrschenden Stille und sofort schlug irgendwo ein Hund an, ein zweiter fiel mit ein. Allerdings war deutlich auszumachen, dass diese Hunde sich in einem der Nachbargärten zur rechten Seite aufhalten mussten.

Schon wies ihn eine männliche Stimme zurecht: »Aus, Hasso! Anka!«

Noch einmal bellte einer der Hunde, dann war es wieder ruhig.

»Okay, da kein weiterer Hund angeschlagen hat, scheinen Hasso und Anka die einzigen in der näheren Umgebung zu sein«, vermutete Steffen. »Sollte Frau Kaufmann also einen Hund besessen haben, ist er nicht nach Hause zurückgelaufen.«

Werner hatte den Vorgarten durchquert und steckte nun den Schlüssel ins Schloss. »Eingebrochen wurde schon mal nicht und abgeschlossen hatte die Frau Kaufmann auch nicht.« Er öffnete die Tür und trat ein.

Die anderen folgten ihm ins Haus.

»Am besten schaut sich jeder in einem anderen Zimmer um«, schlug Steffen vor, während er Latexhandschuhe an alle verteilte. »So sind wir schneller durch.«

Die Männer übernahmen die obere Etage, Jessica das Wohnzimmer und Josefine betrat die Küche.

Sofort fiel ihr die aufgeschlagene Tageszeitung auf, die auf dem runden Tisch lag. Sie ging hinüber und entdeckte, dass Clarissa Kaufmann anscheinend zuletzt die Todesanzeigen gelesen hatte. Die Zeitung war allerdings nicht gerade aktuell, sondern von Mittwoch. Josefine wusste nicht, ob das etwas zu bedeuten hatte, dennoch würde sie Werner vorschlagen, die Zeitung mitzunehmen. Ansonsten gab die Küche nichts Aufschlussreiches her, außer dass Clarissa Kaufmann offensichtlich eine sehr ordentliche Frau gewesen war. Nichts Überflüssiges stand herum, kein Abwasch im Spülbecken, und in einem Regal waren Kochbücher sorgfältig nach Themen geordnet. Sogar die Spülmaschine war leer. Es wies auch nichts darauf hin, dass in diesem Haus ein Hund lebte. Weder gab es Näpfe, noch fand Josefine in den Schränken Hundefutter oder Leckerlis. Auch entdeckte sie keinen Hinweis darauf, dass womöglich noch eine weitere Person hier wohnte, wobei ein Blick ins Bad oder den Kleiderschrank nötig sein würde, um das tatsächlich festzustellen.

Sie hörte, wie Steffen und Werner die Treppe herunterkamen, und verließ die Küche.

»Offensichtlich hat sie hier allein gelebt«, bestätigte Steffen Josefines Annahme, als sich alle vier im Flur trafen. »Im Bad sind nur Sachen für eine weibliche Person, ebenso im Kleiderschrank.«

»Habt ihr Frau Kaufmanns Handy gefunden?«, fragte Josefine.

»Nein.« Werner schaute Jessica an. »Du vielleicht?«

Die junge Kommissarin schüttelte den Kopf. »Keine Spur eines Handys. Und ich bin sehr sicher, dass es in diesem Haushalt keinen Hund gibt. Was im Übrigen verwunderlich scheint, denn das Wohnzimmer ist quasi mit Tierbildern tapeziert, besonders mit Fotos von Hunden. Und außerdem war sie wohl sehr engagiert bei der Vermittlung von Tieren, hauptsächlich Hunde aus Rumänien.« Jessica überreichte Werner einen roten Ordner, auf dessen Rücken ›Fellretter – Rumänien-Hunde in Not‹ zu lesen war.

»Ist das eine hiesige Organisation?«, fragte Werner.

Steffen und Jessica zuckten mit den Schultern.

»Keine Ahnung. Ich hab mit Rumänienhunden nix am Hut«, sagte Steffen. »Und Britta auch nicht. Aber das wird sich ohne größere Schwierigkeiten herausfinden lassen.«

»Den Ordner nehmen wir auf jeden Fall mit. Sonst noch irgendwas?«

»Auf dem Küchentisch liegt eine Tageszeitung von Mittwoch. So wie es aussieht, sah sich Frau Kaufmann zuletzt die Todesanzeigen an.«

Werner runzelte die Stirn. »Hatte sie erwartet, dass demnächst ihre eigene in der Zeitung steht?«

»Auf jeden Fall sollten wir auch diese Zeitung mitnehmen. Womöglich war Frau Kaufmann nicht das erste Opfer des Täters.« Steffen lief zur Küchentür.

Werners Blick hellte sich auf. »Richtig! Und sie musste sterben, weil sie einen Mord erkannte, der als natürliche Todesursache durchgerutscht ist! Müssen wir nur noch herausfinden, um welche Anzeige es geht. Hoffentlich stehen nicht so viele Verstorbene drin.«

Steffen kam aus der Küche zurück, die Zeitung in der Hand. Er hielt sie Werner entgegen. »Gevatter Tod war leider fleißig zu diesem Zeitpunkt. Vermutlich dem warmen Wetter geschuldet.«

Werner seufzte, als er auf die wenigstens zwanzig Traueranzeigen schaute. »Es wäre ja auch zu einfach gewesen. Egal. Wir nehmen Zeitung und Ordner mit und legen im Büro eine Strategie fest. Vorher setzen wir aber Josefine und Jessica ab, damit das Ausräumen der Umzugskartons nicht weiter hinausgezögert wird.«

»Mich könnt ihr zu Hause absetzen, aber Jessica solltet ihr mitnehmen«, sagte Josefine, als sie die enttäuschte Miene ihrer Enkelin sah. »Auch wenn sie noch nicht offiziell im Dienst ist, bestimmt macht es einen guten Eindruck, wenn Jessica diesen Fall mit euch gemeinsam aufklärt. Außerdem hat Sonja doch sicher frei. Da könnt ihr eine helfende Hand gebrauchen.«

Werner nickte. »So machen wir das. Lasst uns gehen.«

Josefine trat als Erste aus der Haustür und wäre beinahe in eine Frau hineingerannt, die direkt davorstand. Beiden entfuhr ein erschrockener Laut.

»Wer sind Sie und was tun Sie in Clarissas Haus?«, fragte die jüngere Frau, die sich schnell gefasst hatte.

Bevor Josefine antworten konnte, war Steffen neben ihr und hielt der etwa Vierzigjährigen seinen Dienstausweis entgegen. »Kriminalpolizei Leer, Köster mein Name. Dürfte ich Ihren Namen erfahren?«

Überrascht schaute die Frau auf den Ausweis, dann wandte sie sich um und wies auf das Haus schräg gegenüber. »Elke Bruns, ich bin eine Nachbarin und wollte nach Clarissa schauen. Was macht die Kriminalpolizei hier?« Sie schaute Steffen wieder an, warf aber einen argwöhnischen Blick zu Josefine hin. Ganz offensichtlich wunderte sie sich darüber, warum eine Frau in diesem Alter noch im Dienst der Kriminalpolizei stand.

»Gibt es einen Grund, warum Sie nach Frau Kaufmann schauen wollten?« Auch Werner trat nun aus dem Haus und nötigte somit die bereits davor Stehenden, ein Stück in den Vorgarten zu treten, um ihm Platz zu machen. So konnte auch Jessica folgen.

Angesichts der vierköpfigen Polizeipräsenz wurde Elke Bruns nervös. »Ich … ähm … also … es ging Clarissa nicht gut in den letzten Tagen.«

»Körperlich oder seelisch?«, wollte Jessica wissen.

»Seelisch … denke ich … Ich traf sie gestern beim Einkaufen und als sie mich sah, fing sie sofort an zu weinen.«

»Teilte sie Ihnen mit, warum sie weinte?«, hakte Steffen nach.

Elke Bruns schüttelte den Kopf. »Nein. Das war auch gar nicht nötig. Sie müssen wissen, Clarissa ist Tierretterin. Und das mit ganzem Herzen. Das Leid der Tiere nimmt sie immer sehr mit und ich gehe davon aus, dass sie wieder einen schlimmen Fall hatte, der sie so sehr belastete.«

Ein alter Mann mit Rollator kam die Straße entlang. »Moin Elke!«, rief er. »Was'n los?«

»Vielleicht gehen wir ins Haus«, schlug Josefine vor. »Muss ja nicht die komplette Nachbarschaft mithören.«

Elke Bruns winkte ab. »Der Jabbo ist stocktaub.« Sie wandte sich zu Jabbo hin und brüllte: »Alles gut, Jabbo!«

Zwar nickte Jabbo, dachte aber gar nicht daran, seinen Weg fortzusetzen, sondern schob seine Gehhilfe in Richtung Gartentor.

»Wir gehen rein«, beschloss Werner mit einem Blick auf den sich nähernden Senior.

Kurz darauf saßen alle bis auf Jessica um den Küchentisch herum. Die Kommissarin lehnte sich an die Fensterbank, da kein Stuhl mehr frei war.

»Bitte sagen Sie mir doch, warum Sie hier sind und warum Sie mir all diese Fragen stellen.« Elke Bruns machte eine ausschweifende Handbewegung. »Und wo ist Clarissa? Ist ihr etwas zugestoßen?«

Steffen und Werner schauten Josefine an. Erfahrungsgemäß fand die ehemalige Rechtsmedizinerin, die zudem durch das familieneigene Bestattungsunternehmen geschult im Umgang mit Trauernden war, die besseren Worte, um eine Todesnachricht zu überbringen.

Josefine kam der unausgesprochenen Bitte der Freunde nach. »Waren Sie und Frau Kaufmann gut befreundet?«, begann sie.

»Befreundet wäre sicher zu viel gesagt. Eher gute Nachbarn. Hin und wieder haben wir auch gemeinsam etwas unternommen, aber …« Sie brach ab und ihre Augen weiteten sich erschrocken, als sie Josefine anschaute. »Sie fragten, ob wir befreundet *waren*. Ist Clarissa tot?«

Josefine nickte. »Frau Kaufmann wurde heute Vormittag ganz in der Nähe tot aufgefunden.«

Elke Bruns entfuhr ein Schluchzen und Tränen schossen in ihre Augen. »Ein Unfall?«

»Sie wurde in einem Feldweg gefunden und alles deutet darauf hin, dass sie durch Fremdeinwirkung starb.«

»Jemand hat sie umgebracht?« Entsetzt schlug die Nachbarin sich die Hand vor den Mund.

»Davon gehen wir aus.«

Elke Bruns ließ die Hand wieder sinken. »Aber wer hat das getan? Und vor allen Dingen, warum?«

»Das herauszufinden ist unsere Aufgabe und darum sind wir hier.«

»Und Sie würden uns sehr helfen, wenn Sie uns etwas über Frau Kaufmann erzählen könnten. Mit wem war sie befreundet? Was machte sie beruflich? Wissen Sie von Streitigkeiten, die sie mit jemandem hatte?«, ergriff nun Werner wieder das Wort.

Mit hektischen Bewegungen suchte Elke Bruns etwas in den Taschen ihrer Jeans, schien aber nicht fündig zu werden.

Jessica, die das beobachtet hatte, ging zur Anrichte und riss ein Blatt Küchenpapier von der Rolle an der Wand. Sie überreichte es der weinenden Frau, die das Papier mit dankbarem Blick entgegennahm und sich dann die Augen trockentupfte.

»Nun, das mit den Tieren habe ich Ihnen ja schon erzählt. Die waren wohl auch der Grund, warum wir nicht wirklich befreundet waren. Verstehen Sie mich nicht falsch – ich mag Tiere. Und ich finde es auch toll, wenn sich jemand engagiert, um zu helfen. Aber Clarissa war schon beinahe fanatisch, wenn es darum ging, halbtote Köter aus Rumänien zu holen. Ich persönlich war nicht so begeistert darüber, haben wir doch hier genug Hunde in unseren Tierheimen, die jemanden bräuchten, der sie bei sich aufnimmt. Da müssen wir doch nicht auch noch welche aus anderen Ländern holen und uns wer weiß was für Seuchen einschleppen. Weiß doch niemand, ob die Impfpässe wirklich in Ordnung sind. Und da gibt es Krankheiten, die kennen wir hier gar nicht.«

»Sie scheinen häufiger über dieses Thema gesprochen zu haben«, stellte Josefine fest.

Elke Bruns, die sich nun wieder beruhigt hatte, nickte. »Immer, wenn sie wieder eins von den Viechern bei sich hatte. Schon, weil mein Bruder sich darüber aufregte. Keno wohnt ein paar Häuser weiter. Er züchtet Schäferhunde und hat schon viele Preise mit seinen Tieren gewonnen. Sie können sich vorstellen, dass er panische Angst davor hat, dass einer von

Clarissas Rumänienkötern seinen Hunden irgend so eine tödliche Krankheit anhängt.«

»Nun muss er diese Angst ja nicht mehr haben«, stellte Werner fest.

»Nein, das muss er nicht«, entgegnete Elke Bruns leise. Dann ging ihr auf, was der Hauptkommissar gerade angedeutet hatte. »Sie denken ja wohl nicht …?«, fuhr sie auf und starrte Werner an. »Keno würde doch nie …! Und schon gar nicht wegen so was! Ohnehin könnte er keiner Fliege etwas zuleide tun! Und wir saßen gestern bis Mitternacht bei ihm auf der Terrasse. Nur für den Fall, dass Sie ein Alibi von ihm haben wollen.«

»Frau Kaufmann hatte keinen eigenen Hund?«, fragte Steffen, um die Frau wieder zu beruhigen.

Die schüttelte den Kopf. »Immer nur vorübergehend einen der geretteten Hunde, bis sich ein geeignetes Zuhause für ihn gefunden hatte. Sie sagte, mit einem eigenen Hund sei ihr das zu kompliziert, da sich nicht zwangsläufig alle Hunde miteinander verstehen würden. Was ich wiederum für sehr vernünftig hielt.« Sie dachte einen Moment nach und fuhr dann fort: »In den letzten Monaten hatte sie aber gar keine Hunde mehr hier. Keine Ahnung, warum.«

»Hatte Frau Kaufmann vielleicht aktuell Streit mit jemandem aus dem Kreis um die Hunde?«, erkundigte sich Jessica. »Ganz egal, ob aus dem Rettungsverein oder womöglich mit jemandem, der einen dieser Hunde aufgenommen hat.«

»Da fragen Sie mich zu viel. Auch wenn wir hin und wieder über dieses Thema gesprochen haben, so sehr hat es mich dann nicht interessiert. Und von sich aus hat sie nichts in dieser Richtung erzählt. Sie müssten sich bei dem Verein erkundigen. Die kannten sie bestimmt besser als ich.«

»Gab es denn einen Partner oder eine Partnerin in Frau Kaufmanns Leben?«, fragte Steffen nun.

»Ja, den gab es. Sie hat ihn mir aber nie vorgestellt. Ich kann mich nicht mal mehr an seinen Namen erinnern. Vielleicht hat sie mir den auch gar nicht genannt. Er war nur selten bei ihr. Clarissa sagte, dass er viel im Ausland unterwegs sei.«

»Könnte ein anderer Nachbar diesen Mann kennen?«

Elke Bruns zuckte mit den Schultern. »Da müssen Sie die Nachbarn schon selbst fragen.«

Werner nahm eine Visitenkarte aus seiner Brieftasche und legte sie vor die Nachbarin hin. »Vielen Dank, dass Sie sich Zeit für uns genommen haben, Frau Bruns. Sollte Ihnen noch etwas einfallen, von dem Sie glauben, dass es uns weiterhelfen könnte, zögern Sie nicht, mich anzurufen.«

Die Frau nahm die Karte und nickte. »Das werde ich tun.«

Kapitel 4

Nachdem sie Josefine an ihrem neuen Zuhause abgesetzt hatten, fuhren Werner, Steffen und Jessica zur Polizeiinspektion. Auch wenn sie vermutlich am Wochenende nicht viel erreichen würden, so wollten sie zumindest schon einmal wichtige Recherchearbeiten erledigen, um Montagfrüh sofort die entsprechenden Ansprechpartner aufsuchen zu können.

In ihrem Büro angekommen, wies Werner Jessica an, sich die Todesanzeigen vorzunehmen und schon einmal diejenigen auszuschließen, die aufgrund hohen Alters oder schwerwiegender Krankheiten dahingeschieden waren. »Die Theorie, dass Frau Kaufmann womöglich einem Verbrechen auf der Spur war, kommt mir doch wahrscheinlicher vor, als dass jemand sie wegen eines rumänischen Straßenköters um die Ecke brachte.«

»Lass lieber Jessica an den Computer«, empfahl Steffen. »Mit Sicherheit hat sie die benötigten Adressen schneller ermittelt als du.« Normalerweise erledigte diese Arbeiten Sekretärin Sonja Keller, die sich aber im wohlverdienten Wochenende befand.

»Wir können sowieso niemanden ausschließen«, bemerkte Jessica. »Nur weil jemand alt oder schon länger krank war, bedeutet das ja nicht zwangsläufig, dass er eines natürlichen Todes starb. Es besteht doch durchaus die Möglichkeit, dass der natürliche Prozess beschleunigt wurde, weil zum Beispiel ein potentieller Erbe die Nase voll hatte und nun endlich ans Erbe wollte.«

Auch wenn Werner Jessicas Einwand gegen seine Anweisung so gar nicht gefiel, schaute er die junge Kollegin beeindruckt an. Dann grinste er. »Man merkt deutlich, aus welchem Stall du stammst. Deine Großmutter hätte genau dasselbe gesagt.«

Jessica strahlte ihn an, dann schaltete sie Sonja Kellers Computer ein. »Verrät mir jemand das Passwort?«

Steffen nannte es ihr und Jessica vertiefte sich in die Recherche nach Todesumständen und Angehörigen der in der Zeitung Betrauerten.

»Dir mag die Idee, dass Frau Kaufmann ein Verbrechen aufklären wollte, besser gefallen«, sagte Steffen an Werner gerichtet und rief die Webseite des Hunderettungsvereins auf. »Wir sollten aber nicht unberücksichtigt lassen, wie die Frau starb. Ich meine, jemanden mit einem Beil oder Ähnlichem brutal zu erschlagen! Da gehört schon eine ordentliche Portion Wut dazu. Und aus Erfahrung wissen wir, dass gerade bei Tierschützern und Tierrechtlern die Emotionen schnell hochkochen. Auch sind Leute aus diesen Reihen gerne recht menschenverachtend unterwegs. Von daher würde ich darauf drängen, diesem Verein einen Besuch abzustatten. Die erste Vorsitzende heißt Maike Rolfs und wohnt – wer hätte es vermutet? – in Holtland.«

Werner, der an seinem Schreibtisch Platz genommen hatte, nickte. »Auch die Geschichte, von der uns die Kollegin Timmermans berichtete, sollten wir nicht aus dem Auge verlieren. Ich hab hier mal die Akte aufgerufen. Es ging um einen Hof im Rheiderland. Monika und Jochen Gerritsen betrieben dort eine Hundezucht. Also, eine angebliche Hundezucht. Dem Bericht zufolge war das wohl eher eine total versiffte Hundevermehrungsanstalt und sie sammelten außerdem noch das eine oder andere Nutztier.« Werner stieß einen Pfiff aus. »Und nicht nur das. Die Kollegen haben etliche Waffen sichergestellt. Offenbar verkauften die Gerritsens nicht nur Hunde. Frau Kaufmann ist hier als Zeugin und Melderin aufgeführt, mit dem Vermerk, dass sie zwei der Hunde mit dem Segen des Veterinäramtes zur Weitervermittlung bei sich aufnahm. Die anderen wurden auf die verschiedenen Tierheime und Pflegestellen aufgeteilt. Jochen Gerritsen sitzt in Haft. Der Aufenthaltsort von Monika Gerritsen … Keine Ahnung … Finde ich nix. Ob die abgetaucht ist? Wir sollten mit den entsprechenden Mitarbeitern des Vetamts reden. Womöglich hatte Frau Kaufmann ja auch noch etwas gegen die Gemahlin des Waffenschiebers in der Hand.«

Steffen nickte. »Aber das muss bis Montag warten. Darum schlage ich vor, dass wir der Dame vom Hunderettungsverein einen Besuch abstatten, sobald Jessica ihre Recherche beendet hat.«

»Falls die nicht gerade in Rumänien weilt, um weitere Vierbeiner von der Straße zu pflücken.«

»Bin fertig«, verkündete Jessica. »War gar nicht so schlimm, wie es zuerst aussah. Für ein paar der Verstorbenen waren Mehrfachanzeigen dabei, die zusätzlich von Vereinen oder Arbeitgebern geschaltet wurden.«

»Und? Irgendwelche aufschlussreichen Erkenntnisse?« Steffen und Werner schauten Jessica erwartungsvoll an.

»Nicht wirklich. Wenn wir Werners Theorie verfolgen wollen, dann kommen vier Verstorbene infrage, die noch recht jung waren, eine Frau und drei Männer. Wobei einer der Männer laut dem Text ›nach langer Krankheit‹ offenbar nicht überraschend starb. Ein Heiko Schöller wurde plötzlich aus dem Leben gerissen. Der wäre vielleicht interessant, sofern er nicht Opfer eines Verkehrsunfalls wurde. Bei den beiden anderen steht nichts Hilfreiches dabei. Die Hauptprotagonisten der weiteren Todesanzeigen waren wenigstens achtzig, einer sogar einhunderteins. Donnerwetter! Wobei ein gewisser Hinrich Kuiper der Gewinner bei der Anzahl der Anzeigen ist: Die Mitarbeiter der Anwaltskanzlei Kuiper trauern um ihren Seniorchef, die Jagdfreunde bringen ihr tiefes Mitgefühl zum Ausdruck, ebenso wie die Feuerwehr, der Schützenverein und das Notariat Schäpers.« Jessica schaute Werner an. »Das könnte also einer der Kandidaten sein, die ich im Hinterkopf hatte. Womöglich hat er sich noch zu sehr in die Angelegenheiten der Kanzlei eingemischt und da hat man ihn kurzerhand nachhaltig gestoppt.«

Werner nickte nachdenklich. Dann sagte er: »Gut, mach uns doch eine Liste, dann gehen wir die später noch mal durch und schauen, mit wem wir zuerst reden sollten. Inzwischen hoffe ich jedoch, dass ich falschliege und uns ein Gespräch mit Frau Rolfs auf die richtige Spur führt. In diesem Fall müssten wir nämlich nicht losziehen, um trauernde Familienangehörige zu belästigen.«

Der Drucker sprang an und Jessica grinste. »Die Liste hatte ich direkt angelegt. Kommt sofort.«

Wenig später machten sich die drei auf den Weg zurück nach Holtland.

Unter der Adresse, die sowohl Maike Rolfs' Privatanschrift als auch die des Vereinssitzes der ›Fellretter‹ war, fanden die Kommissare ein etwas heruntergekommenes Fehnhaus in absoluter Alleinlage. Zwar gab es weitere Häuser in der Nachbarschaft, das nächste war jedoch knapp einhundert Meter entfernt und dank der Bäume, die das gesamte Grundstück umgaben, von hier aus nicht zu sehen. Ein abgeernteter Acker lag zwischen den Häusern.

Steffen machte seine Begleiter auf das vor der Garage geparkte Fahrzeug aufmerksam, auf dessen Heckscheibe das Vereinslogo prangte.

»Scheint jemand da zu sein«, stellte Werner zufrieden fest und öffnete die Autotür.

Sofort schlugen mehrere Hunde an.

»Herrje! Wie viele sind denn das?«, fragte Steffen, als sie alle ausgestiegen waren und zum Haus gingen.

Die Haustür wurde geöffnet, noch bevor die Kommissare das Gebäude erreicht hatten. Eine Frau schaute ihnen fragend entgegen. »Hatten wir einen Termin?«, erkundigte sie sich.

Schon hatte Werner seinen Dienstausweis gezückt. »Frau Rolfs?«

Die Frau nickte.

»Kriminalpolizei Leer, Harms mein Name.« Er wies auf Jessica und Steffen. »Meine Kollegen Brenner und Köster. Könnten wir Sie einen Moment sprechen?«

Die Frau wirkte für einen Moment verunsichert, dann warf sie einen Blick in Richtung des nächsten Hauses. »Hat die alte Meier sich wieder beschwert? Man kann Hunde nicht stundenlang ruhig halten, schon gar nicht, wenn es mehr als zwei sind. Und ich habe eine Genehmigung des Ordnungsamtes«, fuhr sie auf.

»Wir kommen nicht wegen Ihrer Hunde oder deren Gebell. Ist Ihnen Clarissa Kaufmann bekannt?«

Maike Rolfs hob irritiert die Augenbrauen. »Sicher. Ist irgendwas mit Clarissa?«

»Könnten wir das drinnen besprechen?«

»Ja, natürlich. Warten Sie kurz. Ich bringe nur eben die Hunde aus dem Haus.« Sie verschwand im Inneren und schloss die Tür, die sie aber nur wenige Minuten später wieder öffnete. »So, nun können Sie reinkommen. Wissen Sie, die Hunde, die ich hier habe, sind noch ziemlich ängstlich. Ich kann nicht dafür garantieren, dass nicht doch mal einer zuschnappt, weil er sich bedroht fühlt.«

Sie folgten Maike Rolfs ins Wohnzimmer. Ein großes Fenster gab den Blick in einen weitläufigen Garten frei, von dem jedoch ein großer Teil zu einer Zwingeranlage umfunktioniert worden war, in der sich, soweit man vom Wohnzimmer aus erkennen konnte, fünf Hunde nicht zu deutender Abstammung aufhielten. Der Rest des Gartens war von einem zwei Meter hohen Zaun umgeben. Vermutlich, um als Auslauf für die Hunde zu dienen.

»Diese Hunde kommen von der Straße und sind es nicht gewohnt, in Häusern zu leben«, erklärte die Hunderetterin und bedeutete den Kommissaren, Platz zu nehmen. »Darum die Zwinger. Ich gewöhne sie nach und nach daran, sich auch in geschlossenen Räumen wohlzufühlen.« Sie setzte sich ebenfalls in einen Sessel. »Also, Sie wollten mich wegen Clarissa Kaufmann sprechen. Worum geht es genau?«

»Frau Kaufmann wurde heute Morgen tot aufgefunden«, begann Steffen ohne großes Herumgerede.

»Was?« Maike Rolfs schaute den Oberkommissar in einer Mischung aus Überraschung und Bestürzung an. »Hatte sie einen Unfall?«

»Nein, es war kein Unfall. So, wie es sich zurzeit darstellt, wurde Frau Kaufmann ermordet.«

»Ermordet? Das kann nicht sein! Wer sollte Clarissa denn ermorden?«

Steffen war wieder einmal überrascht, wie sehr sich die Reaktionen der Leute ähnelten, die mit Mordopfern bekannt oder befreundet gewesen waren. Wenn man ihnen Glauben schenkte, wurden die Opfer immer grundlos getötet.

»Soweit wir wissen, war Frau Kaufmann Mitglied Ihres Vereins.« Werner ignorierte Maikes Reaktion. Erfahrungsgemäß war es sinnvoll, Fragen zu stellen, bevor dem Gegenüber die gesamte Tragweite der gerade erhaltenen Information bewusst wurde.

Maike Rolfs nickte. »Gleich nachdem sie nach Holtland gezogen war, trat Clarissa bei uns ein. Anfangs war sie ungeheuer engagiert. Begleitete mich sogar zweimal nach Rumänien. In den letzten Monaten hatte sie sich allerdings ein wenig zurückgezogen, war jedoch stets zur Stelle, wenn Not am Mann beziehungsweise der Frau war.«

»Gab es Streitigkeiten im Verein?«, wollte Werner wissen.

»Hier und da kleine Meinungsverschiedenheiten, ja. Wie in jedem Verein. Aber nichts, wofür man jemanden umbringen würde.« Maikes Augen glitzerten feucht, als sie fragte: »Wurde Clarissa in ihrem eigenen Haus getötet?«

»Nein. Man fand sie in einem Feldweg. Offenbar ging sie gestern Abend spazieren und wurde dabei überfallen.«

»Oh Gott! Wie schrecklich! Ich habe ihr immer wieder gesagt, sie müsse endlich dauerhaft einen Hund aufnehmen. Besser zwei! So als Frau, die allein lebt! Hätte sie nur auf mich gehört! Bestimmt würde sie dann noch leben!«

Werner wartete, bis die Frau sich wieder im Griff hatte. »Gab es einen Grund dafür, dass Frau Kaufmann sich aus der Vereinstätigkeit zurückzog?«

Maike Rolfs zuckte mit den Schultern. »Ich vermute, dass sie einen Kerl hatte. Das ist doch meistens der Grund, oder? Die wenigsten Männer haben Verständnis für unsere Arbeit, ganz besonders hier auf dem Land.«

»Sie sagten, Frau Kaufmann sei erst nach Holtland gezogen. Sie war also nicht von hier?«, hakte Jessica nach.

»Nein, war sie nicht. Genau wie ich war sie eine Zugereiste. Vor drei Jahren kam sie hierher. Von Gelsenkirchen, glaube ich. Ich selbst bin aus Dortmund, lebe aber schon seit sechzehn Jahren hier.«

Werner wollte gerade die nächste Frage stellen, da hob Maike Rolfs die Hand, um ihn zu unterbrechen. »Warten Sie!«, rief sie aus. »Da fällt mir gerade etwas ein! Es ist noch gar nicht so lange her, da hat Clarissa jemanden angezeigt. So einen Hundevermehrer. Sie kannte die Leute wohl noch aus Gelsenkirchen. Müssen richtige Kriminelle sein, die Kampfhunde vermehren und wohl auch mit Waffen handeln. Das müssen Sie doch wissen! War doch ein riesiges Polizeiaufgebot dort und es wurde auch mehrere Tage lang in der Zeitung darüber berichtet. Wenn die rausgekriegt haben, dass Clarissa sie anschwärzte … Vielleicht haben sie sich gerächt. Solche Leute töten doch bestimmt, ohne zu zögern.«

Die drei Kommissare tauschten Blicke aus. Ganz offensichtlich hatte Clarissa Kaufmann sich nicht nur der misshandelten Hunde angenommen. Tatsächlich könnten sich dort das Tatmotiv und auch der Täter finden lassen.

Dennoch konnte und wollte Werner sich zurzeit noch nicht auf eine Ermittlungsrichtung festlegen. »Wir benötigen eine Liste Ihrer Mitglieder«, sagte er darum. »Es könnte sein, dass wir mit dem einen oder anderen sprechen müssen.«

»Höchst ungern«, antwortete Maike Rolfs. »Ich meine, das fällt doch unter die Datenschutzverordnung, oder? Müssen Sie dafür nicht irgendeinen richterlichen Beschluss haben?«

»Den können wir natürlich besorgen«, antwortete Werner. »Wir hatten diesbezüglich auf Ihre Kooperation gehofft.«

»Nehmen Sie es mir bitte nicht übel. Aber ich würde mich da lieber absichern und auf den Beschluss warten. Dann kann ich das auch unseren Mitgliedern besser erklären.«

»Ihre Entscheidung«, entgegnete Werner und erhob sich.

Diesmal überreichte Steffen eine Visitenkarte. »Vielen Dank, Frau Rolfs. Eventuell haben Sie uns ein gutes Stück weitergeholfen. Dennoch möchte ich Sie bitten, sich bei uns zu melden, sollte Ihnen noch irgendetwas einfallen.«

Die Frau nahm die Karte entgegen. »Selbstverständlich werde ich das machen.« Sie begleitete die Polizisten zur Tür.

»Ach, eins noch«, sagte Werner. »Wissen Sie, wer der Mann in Frau Kaufmanns Leben war?«

»Nein, das kann ich Ihnen leider nicht sagen. Es war ja auch nur eine Vermutung meinerseits.«

Werner bedankte sich und verließ als Letzter das Haus.

»Und nun?«, wollte Jessica wissen.

»Machen wir Feierabend«, antwortete Werner. »Ich kann den Duft gegrillter Lammkoteletts bis hierher riechen und mein Magen knurrt gewaltig. Da ich nicht davon ausgehe, dass Frau Kaufmann das Opfer eines Serienkillers wurde, reicht es wohl aus, wenn wir morgen weitermachen.«

»Was ist mit der Anordnung für die Mitgliederliste?«, fragte Steffen.

»Deswegen werde ich mir nicht den Ärger eines Richters zuziehen, weil ich ihn am Wochenende belästige. Das soll Sonja am Montag machen.«

Kapitel 5

Vor Josefines Haus trafen die drei auf Kai-Uwe und Regina Hanken, die gerade angekommen waren.

Steffen und Werner begrüßten die Frau des Kriminaltechnikers herzlich und Steffen stellte ihr dann Jessica vor.

Regina lachte, als sie hörte, dass Jessica schon voll im Einsatz war, obwohl sie erst zum nächsten Ersten offiziell anfing. »Was ist das nur mit euch Polizisten, dass ihr eure freie Zeit nicht genießen könnt, wenn es irgendwo etwas zu ermitteln gibt?«

Jessica grinste und zuckte mit den Schultern. »Vermutlich ist das so ’ne Art Gendefekt.«

Lachend liefen sie um das Haus herum, um direkt in den Garten zu gelangen.

Zum Glück war die Terrasse groß genug, dass man noch einen weiteren Tisch hatte aufstellen können, denn inzwischen waren noch weitere Freunde eingetroffen. Eine Tatsache, die Werner zuerst beunruhigte, sah er doch seinen Anteil am Grillgut in Gefahr, doch dann entdeckte er Silke und Enno Janssen mit ihrer Pflegetochter Andrea, die nicht nur einen weiteren Grill mitgebracht hatten, sondern gerade dabei waren, den Inhalt zweier gut gefüllter Kühltaschen auszupacken und auf einem zusätzlichen Tisch abzuladen, der auf dem Rasen aufgebaut worden war. Schnell war klar, dass heute niemand hungrig bleiben würde.

Lena Bruns, die mit Mann Johann und den Kindern Jörne und Jelte gekommen war, hatte Werners Blick jedoch bemerkt. »Keine Sorge, Werner!«, rief sie. »Wir haben Steaks mitgebracht. Für dich ist ein extragroßes dabei!«

»Dabei solltest du es kalorienmäßig vielleicht mal ein wenig ruhiger angehen lassen.« Doktor Paul Lessing, Leiter der Rechtsmedizin Oldenburg, schaute mit einem anzüglichen Grinsen auf Werners deutlich sichtbaren Bauch.

»Paul! Du auch hier! Solltest du nicht gerade unser Opfer untersuchen?«

»Ich wäre nicht der Institutsleiter, würde ich alles selbst erledigen. Man muss auch delegieren können.« Lachend schüttelten sich die beiden Männer die Hände.

Alle begrüßten sich herzlich und sobald jeder einen Sitzplatz gefunden hatte, brachte Jens bereits eine Ladung Würstchen zum Tisch herüber.

Mopsrüde Sir Toby, der am Rand der Terrasse gesessen und wie der Zuschauer eines Tennisspiels zwischen den beiden Grills hin und her geschaut hatte, verzog sich nun unter die Tische, in der Hoffnung, dass früher oder später der eine oder andere Krümel für ihn auf den Boden fallen würde.

»Und? Täter gefasst?«, wollte der Auricher Hauptkommissar Andreas Coordes von seinen Leeraner Kollegen wissen.

Gerade wollte Werner den Mund öffnen, um zu antworten, da tönte es im Chor: »Keine Gespräche über Mordermittlungen während des Essens!«

Werner grinste. Es war Nicos Motto, seit er und seine Schwester Britta die Kommissare kennengelernt hatten. Und niemand wagte es, sich darüber hinwegzusetzen, sofern Nico nicht ausdrücklich seine Genehmigung erteilte. Allerdings war es ihm heute Abend mehr als recht, dem Motto Folge zu leisten. Es duftete viel zu gut und er wollte erst einmal in Ruhe das Essen genießen.

Doch diesmal lachte Nico nur lauthals und sagte dann: »Vergesst es. Bei so vielen Polizisten am Tisch wird sich das wohl kaum vermeiden lassen.«

»Was ist denn genau passiert?«, wollte Lena Bruns wissen. Sie, Johann und die Kinder waren nur wenige Minuten vor den Kommissaren eingetroffen und hatten bisher nur erfahren, dass Werner und Steffen zu einem Mordfall gerufen worden waren und Jessica sie bereits tatkräftig unterstützte.

Anstatt die Frage direkt zu beantworten, fragte Werner in die nun mucksmäuschenstille Runde: »Kannte einer von euch eine Clarissa Kaufmann?«

»Ja«, antwortete Silke Janssen. »Wurde sie umgebracht?«

Werner nickte. »Man fand sie, gar nicht weit von euch entfernt, auf einem Feldweg. Woher kanntest du sie?«

»Sie war eine Kundin.« Silke schaute Enno an. »Die mit den Straßenhunden aus Rumänien.«

»Ah!«, machte Enno. »Ja, die war häufiger bei uns, um Käse zu kaufen.« Für einen Moment schaute der Schäfer irritiert drein, dann lachte er auf und schlug sich mit der Hand an die Stirn. »Entschuldigt, das ist natürlich in keiner Weise komisch. Aber heute Vormittag traf ich den alten Joke Broers, der mir ganz aufgebracht erzählte, dass sich die Bullen im Land seines Sohnes herumtreiben würden. Gerade wurde mir klar, warum der mich so merkwürdig anschaute und dann kopfschüttelnd von dannen zog, als ich fragte, ob ich ihm beim Einfangen helfen soll.«

Trotz des sehr ernsten Gesprächsthemas brachen alle in Gelächter aus.

Als wieder Ruhe eingekehrt war, wandte sich Josefine an Paul Lessing: »Kannst du schon etwas zum Todeszeitpunkt sagen?«

Paul nickte. »Gestern Abend, zwischen zehn und elf.« Er wies auf das Smartphone, das neben seinem Teller auf dem Tisch lag. »Wurde mir gerade von Ulrike übermittelt. Sie starb an massiven Hirnverletzungen, verursacht durch einen brutalen Schlag mit einem scharfkantigen Gegenstand. Ulrike legt sich insoweit fest, dass es sich bei dem Tatwerkzeug um ein Beil oder eine Axt gehandelt hat. Nur so sind die schwerwiegenden Verletzungen, die fast sofort zum Tode führten, zu erklären.« Er schaute in die Runde. »Ich hoffe, ich hab euch jetzt nicht das Essen versaut und ein wirklich gruseliges Kopfkino verpasst.«

Sarah, Brittas und Steffens Adoptivtochter, die mit ihren sechzehn Jahren die Jüngste am Tisch war, hatte rote Wangen vor Aufregung. Seit sie bei den beiden lebte, war es ihr größter Wunsch, später selbst zur Polizei zu gehen. Britta hatte schnell sämtliche Versuche aufgegeben, die damals Zwölfjährige daran zu hindern, Ermittlungsgespräche zu belauschen. »Blödsinn!«, sagte sie. »Erzähl mehr! Hat der Mörder ihr den Schädel gespalten?«

»Sarah!«, rief Britta aus. »Hier sitzen ein paar Menschen am Tisch, die sich nicht für grausame Morde begeistern können.«

»'Tschuldigung«, entgegnete Sarah. »Ich bin keine Soziopathin. Aber die Tiefe der Wunde könnte Aufschluss darüber geben, ob es sich um einen männlichen oder weiblichen Täter handelt. Die Kraft, mit der zugeschlagen wurde … ihr versteht?«

Martha stand auf, nahm ihren Teller mit dem noch etwas zu blutigen Steak und ging zum Grill, wo sie das Fleisch noch einmal auf den Rost legte. »Vielleicht könnten wir die Unterhaltung doch etwas weniger anschaulich gestalten?«

»Tut mir leid. Ich hätte nur auf Josefines Frage antworten sollen«, entschuldigte sich Paul zerknirscht.

»Na ja, wo es jetzt schon zu spät ist – kannst du uns zu Sarahs Tätertheorie etwas sagen?«, wollte Steffen wissen. »Also, ohne jetzt noch mal ins Detail zu gehen.«

Der Rechtsmediziner grinste und antwortete dann: »Es war schon ein sehr heftiger Schlag.« Er nickte Sarah zu. »Der aber durchaus auch von einer kräftigen Frau hätte ausgeführt werden können, zumal Frau Kaufmann recht klein und zierlich war. Außerdem lassen die anderen Verletzungen vermuten, dass sie gestürzt war und am Boden liegend oder sitzend ein leicht zu überwältigendes Opfer war.«

»Belassen wir es erst einmal dabei«, schlug Werner vor und wandte sich an Silke und Enno: »Könnt ihr mir etwas mehr über Frau Kaufmann erzählen? Kennt ihr zum Beispiel ihren Freund?«

Silke schüttelte den Kopf. »Sie hat nur mal erzählt, dass ihr Freund häufig auf Geschäftsreise ist und nur selten in Ostfriesland. Aber mir gegenüber erwähnte sie nicht einmal seinen Namen. Sie redete immer nur über diese Hunde und ihren Hunderetterverein und versuchte hin und wieder, uns auch eins der Tiere aufzuschwatzen.«

»Wir können aber keinen Straßenhund mit fragwürdiger Vergangenheit nehmen«, antwortete Andrea. »Wir brauchen zuverlässige Hütehunde, und wenn das mit den Wölfen so weitergeht, vermutlich auch bald ein paar Herdenschützer.«

»Denkt ihr, die Frau wurde wegen der Hunde ermordet?«, fragte Britta erstaunt.

Steffen zuckte mit den Schultern. »Im Moment sind wir noch auf der Suche nach einem Motiv. Allerdings gab es vor Kurzem wohl einen Vorfall, in den Frau Kaufmann involviert war. Sie ließ einen Waffen- und Hundehändler im Rheiderland auffliegen. Wir wissen aber noch nichts Genaues und müssen uns morgen erst einmal mit dem zuständigen Amtsveterinär und den Kollegen, die bei der Festnahme anwesend waren, unterhalten.«

»Ach, ich erinnere mich«, ergriff Martha das Wort. »Vor vierzehn Tagen hatte ich eine Kontrolle in meiner Marmeladenküche. Frank Schneider, der Kontrolleur, erzählte mir davon. Die hatten da wohl so eine Hundevermehrungsanstalt. Und dazu noch ein paar völlig verwahrloste Schafe, Ziegen und Hühner.« Sie schüttelte sich. »Muss furchtbar gewesen sein.«

»Daran erinnere ich mich auch«, sagte Nico. »Stand ja ganz groß in der Zeitung. Und ich glaube, die Kruses vom Biohof haben die Schafe und Ziegen bei sich aufgenommen. Die könnte ich fragen, ob sie mehr darüber wissen. Vielleicht wurden ihnen die Tiere ja sogar durch Frau Kaufmann vermittelt.«

»Und Britta und ich könnten uns mal bei dem Hunderetterverein umhören. Wir können ja so tun, als ob wir uns für einen Hund interessieren.« Sie schaute Silke an. »Weißt du, wie der Verein sich nennt?«

Steffen und Werner tauschten Blicke aus. Dann nickte Werner. »Die Idee ist gar nicht schlecht. Dann könnten wir uns erst mal auf die Gerritsens und die Todesanzeigen konzentrieren.« An seine Frau gewandt sagte er: »Fellretter«, bevor Silke die Antwort geben konnte.

»Und wie es der Zufall will, war auf ihrer Webseite zu lesen, dass sie am Montag eine Mitgliederversammlung abhalten«, fügte Steffen hinzu. »Das wäre doch eine günstige Gelegenheit, um sich auch die anderen Mitglieder einmal anzusehen. Vielleicht kann Jessica mitgehen. Zwar hat Frau Rolfs, die erste Vorsitzende, schon Bekanntschaft mit ihr gemacht …«

»… aber ich könnte vorgeben, dass ich einen Hund möchte und durch die Ermittlungsarbeit nun auf die Rumänienhunde aufmerksam geworden bin«, beendete Jessica den Satz.

»Ich sehe, wir verstehen uns.«

»So, aber jetzt ist Feierabend.« Werner klatschte in die Hände und schaute Kai-Uwe Hanken an, der sich anschickte, seine Erkenntnisse zu äußern. »Wir reden morgen. Jetzt will ich nichts mehr über Ermittlungsarbeit hören, sondern nur noch das köstliche Essen genießen und von Fortschritten bei der Einrichtung dieses Hauses hören. Wurde dein Bett schon zusammengebaut, oder wirst du unser Gästezimmer benötigen, Josefine?«

Josefine lächelte. »Vielen Dank, aber ich darf in meinen eigenen vier Wänden übernachten. Jonas ist schon vor drei Stunden mit dem LKW zurück nach Düsseldorf gefahren.« Sie machte eine ausschweifende Handbewegung. »Und dank all der lieben Menschen hier gibt es nur noch wenige Kartons, die ausgepackt werden müssen. Und das kann bis morgen warten.«

Kapitel 6

Es war spät geworden am Vorabend und so schlurfte Jessica an diesem Sonntagmorgen gähnend in die Küche. Sie und Ralf hatten in einem der beiden Gästezimmer übernachtet, um Josefine heute beim Auspacken der restlichen Kartons zu helfen. Im zweiten hatte sich Theda einquartiert.

»Boah, wie kann man nur am frühen Morgen schon so gut gelaunt sein«, maulte Jessica, als sie ihre Großmutter, fröhlich vor sich hin pfeifend, beim Decken des Frühstückstisches antraf.

»In meinem Alter braucht man nicht mehr so viel Schlaf. Senile Bettflucht, weißt du doch«, entgegnete Josefine lachend. »Nimm dir Kaffee, dann geht's dir gleich besser.«

»Theda scheint nicht darunter zu leiden«, stellte Jessica fest, da Theda nicht in der Küche war.

»Theda hat sich auf mein Rad geschwungen und ist unterwegs, um frische Brötchen zu holen.«

»Na, dann hab ich ja noch Hoffnung, dass ich mich im Alter fitter fühlen werde als jetzt.« Jessica ließ sich auf das Ostfriesensofa fallen und schenkte sich Kaffee ein.

»Guten Morgen!« Ralf betrat die Küche. Er schien bester Laune und ebenfalls deutlich wacher als Jessica zu sein.

»Sprich sie nicht an, sie weint noch in ihre Kaffeetasse«, witzelte Josefine.

Ralf grinste. »Sie ist nun mal ein Morgenmuffel.«

Sir Toby, der auf seinem Kissen in einer Ecke der Küche gelegen hatte, sprang auf und lief aus dem Raum. Kurz darauf kehrte er mit Theda im Schlepptau zurück.

»Prima! Ihr seid auch wach! Dann können wir ja sofort frühstücken!« Mit Schwung leerte sie den Inhalt ihrer Brötchentüte in den Korb, der zu diesem Zweck auf dem Tisch bereitstand.

»Die Eier sind auch fertig.« Josefine nahm den Topf vom Herd, um die Eier abzuschrecken.

Der Duft der frischen Brötchen, der nun aus dem Korb aufstieg, belebte auch Jessica ein wenig. Sie nahm die Kaffeekanne und schenkte für alle ein.

»Ziehst du heute wieder mit Steffen und Werner los?«, wollte Ralf wissen.

»Ich denke nicht. Sie wissen ohnehin noch nicht, wie sie weiter vorgehen sollen. Ach, verdammt! Ich habe ja die Liste noch, die ich gestern für die beiden zusammengestellt habe.«

»Na ja, Werner kann sie doch abholen, sobald es ihm auffällt. Schließlich wohnt er gleich nebenan.« Josefine brachte die Eier an den Tisch und nahm Platz.

»Was für eine Liste?«, wollte Theda wissen und setzte sich ebenfalls.

»Verstorbene und ihre Angehörigen.« Jessica schaute ihre Großmutter an. »Du erinnerst dich? Die Zeitung, die aufgeschlagen auf dem Tisch lag.«

Josefine nickte. »Werners Theorie, dass Frau Kaufmann womöglich ein verschleiertes Verbrechen entdeckt hatte. Wie siehst du das?«

»Ich halte es nicht für unwahrscheinlich«, antwortete Jessica. »Eigentlich sogar für wahrscheinlicher, als dass jemand wegen irgendwelcher Hunde getötet wird.«

»Wir können die Liste ja nach dem Frühstück noch einmal zusammen durchgehen«, schlug Josefine vor.

»Was ist eigentlich mit diesem Waffenschieber, Schrägstrich Hundevermehrer, den Werner gestern erwähnte?«, wollte Ralf wissen. »Da ist doch grundsätzlich schon mal kriminelle Energie vorhanden. Sollte man sich diese Leute nicht erst einmal näher anschauen? Ich meine, wenn das Opfer die hat auffliegen lassen. Für mich wäre zurzeit Rache noch das wahrscheinlichste Motiv.«

»Monika und Jochen Gerritsen«, erwiderte Jessica und nickte. »Hatte Werner gestern schon recherchiert. Er sitzt im Knast. Ihr konnte man wohl außer dem Verstoß gegen das Tierschutzgesetz nichts nachweisen. Der illegale Waffenhandel ging wohl ausschließlich auf sein Konto. Sie wusste angeblich nichts davon.«

»Ist klar …« Ralf verdrehte die Augen. »Aber ohne Beweise kann man eben nichts machen.«

»Monika Gerritsen?« Theda schaute Jessica nachdenklich an.

»Ja. Jetzt sag bloß, du kennst die?«

»Kennen wäre zu viel gesagt. Erinnert ihr euch an den runtergekommenen Hof, wo sie damals die Au-pair-Mädchen festhielten?«

Josefine nickte. »Wie könnte ich den vergessen? Schließlich mussten wir beide da auch ein paar äußerst unangenehme Stunden verbringen. Was ist mit dem Hof?«

»Da wohnt jetzt eine Monika Gerritsen. Ich gehe dort häufiger mal spazieren. Sie war vor dem Haus, als ich letzthin vorbeiging. Als ich sie grüßte, kam sie zum Tor und stellte sich vor. Ein bisschen merkwürdig kam sie mir vor. Erzählte, sie wolle aus der Bruchbude einen Archehof machen und rein veganen Gemüseanbau betreiben. Von daher dachte ich, die sei womöglich nur so ein bisschen esoterisch verstrahlt.«

»Na, die ist dann aber nicht nur esoterisch verstrahlt«, stellte Josefine fest. »Archehof und vegan schließt sich meines Wissens aus. Ist bei den Archen nicht ›Arterhaltung durch Aufessen‹ die Devise?« Sie lächelte vor sich hin. »Wie auch immer – es spricht nichts dagegen, einen Sonntagsausflug nach Pilsum zu unternehmen, oder?«

»Wollten wir nicht Kartons auspacken?«, versuchte Ralf, den fehlgeleiteten Tatendrang Josefines zu bremsen.

»Das könnt ihr doch machen. Jessica weiß, wo alles hinmuss. Theda und ich brauchen dringend ein wenig Erholung.«

»Das könnte dir so passen!«, empörte sich Jessica. »Am Ende sitzt ihr wieder eingesperrt in Pferdeboxen und wir müssen euch befreien. Da kommen wir lieber gleich mit.«

»Oder so«, bemerkte Josefine zufrieden.

»Wuff!«, machte Sir Toby.

Gleich darauf klopfte es ans Küchenfenster und Werner schaute herein.

»Terrassentür ist offen!«, rief Josefine.

Der Kommissar nickte und der Mops wetzte aus der Küche, um Werner im Wohnzimmer in Empfang zu nehmen.

»Moin zusammen«, grüßte der Hauptkommissar beim Betreten der Küche. »Gut geschlafen in der ersten Nacht unterm neuen Dach?«

»Ja, allerdings traumlos. Von daher kann ich keine Voraussagen meine Zukunft betreffend machen. Moin Werner.«

Werner lachte und wandte sich dann Jessica zu: »Begleitest du uns oder packst du Kartons aus?«

»Sie ermittelt heute mit einem Auricher Kollegen«, kam Ralf Jessica zuvor. Auf Werners fragenden Blick berichtete er: »Theda glaubt, Monika Gerritsen könnte jetzt in einem alten Bauernhof in Pilsum wohnen. Wir dachten, wir schauen uns die Dame mal an. Und da das ja meine Zuständigkeit ist …«

Werner grinste, dann nickte er. »Gar nicht übel. Erspart uns 'ne Menge Zeit, falls es sich wirklich um DIE Monika Gerritsen handelt. Bisher konnten wir nämlich noch keine neue Anschrift der Frau herausfinden. Sehen wir uns heute Abend noch?«

»Ihr müsst ohnehin zum Abendessen kommen«, antwortete Josefine. »Es ist noch so viel von gestern übrig, das schaffen Theda und ich unmöglich alleine.«

»Fein. Dann bis später.« Werner hatte es schon vor längerer Zeit aufgegeben, Josefine, Britta oder auch seine eigene Frau daran hindern zu wollen, auf eigene Faust zu ermitteln. Da zudem heute ein Kommissar mit von der Partie war, musste er nicht darüber nachdenken, sondern freute sich, nicht womöglich selbst nach Pilsum fahren zu müssen. »Wenn ihr allerdings davon ausgeht, dass es die gesuchte Frau Gerritsen ist, und ihr außerdem Hinweise darauf findet, dass sie unsere Täterin sein könnte, erwarte ich umgehende Berichterstattung.«

Ralf salutierte. »Aye, aye, Sir.«

Werner verabschiedete sich und wollte schon gehen, da sprang Jessica auf. »Warte! Du wolltest doch bestimmt die Liste mitnehmen.«

Der Hauptkommissar lachte auf. »Darum war ich in erster Linie gekommen. War wohl doch spät gestern.«

Josefine klatschte auffordernd in die Hände. »Also, los! Lasst uns nach Pilsum fahren.«

»Mit welchem Wagen fahren wir?«, erkundigte sich Theda.

»Auf keinen Fall mit dem Leichenwagen!«, stieß Ralf sofort hervor. Josefines äußerst ungewöhnliches Fahrzeug war ihm stets ein wenig peinlich.

»Dann nehmen wir deinen«, entgegnete Josefine. »In Thedas Schuhkarton passen wir keinesfalls zu viert mit Hund.«

Theda hatte vor ein paar Monaten in ein Elektroauto investiert. Für ihre Zwecke war der Wagen groß genug, aber sie musste zugeben, dass es mit vier Erwachsenen plus Mops doch etwas eng werden könnte. So war es beschlossene Sache und ein paar Minuten später stiegen sie in Ralf Thobens SUV und machten sich auf den Weg nach Pilsum.

Trotz des schon recht warmen Sommermorgens und der Tatsache, dass Theda darum gebeten hatte, die Klimaanlage nicht einzuschalten, kribbelte eine Gänsehaut an Josefines Armen entlang, als sie in den Weg einbogen, der zu dem Gehöft führte. Auch wenn es nun schon drei Jahre her war, dass sie und Theda hier in eine äußerst gefährliche Lage geraten waren, schien das damals Erlebte doch gerade sehr präsent.

Theda schüttelte sich. Auch ihr schien es nicht anders zu ergehen.

Die beiden älteren Frauen auf dem Rücksitz tauschten Blicke aus.

Theda rang sich ein Lächeln ab. »Unschöne Erinnerungen«, sagte sie leise.

»Aber es ist ja noch mal gut ausgegangen«, tröstete Josefine, dann richtete sie ihre Aufmerksamkeit auf die von Bäumen umrahmten Gebäude des Hofes, an dem sie gerade vorbeifuhren.

»Ich denke, wir parken ein Stück entfernt und tun dann so, als gingen wir hier spazieren«, schlug Ralf vor. »Gleich mit der Tür ins Haus zu fallen, ist womöglich nicht die beste Strategie.«

»Sehe ich auch so«, stimmte Josefine zu.

Ralf fuhr also noch ein Stück weiter und parkte den Wagen dann in einer asphaltierten Ackerzufahrt.

Sir Toby, der ruhig zwischen Theda und Josefine gelegen hatte, sprang nun auf den Schoß seines Frauchens und schaute begeistert wedelnd aus dem Fenster. Er mochte längere Autofahrten nicht besonders, selbst wenn er sie nicht in seiner Transportbox verbringen musste.

Jessica stieg aus, öffnete Josefine die Tür und nahm den Mops entgegen, damit die Großmutter das Auto ohne Schwierigkeiten verlassen konnte.

Wenig später schlenderten sie im Spazierschritt zurück zum Hof, wobei es Sir Toby wesentlich eiliger hatte als seine zweibeinigen Begleiter. Er hetzte von einem Grasbüschel zum nächsten. Offensichtlich stand viel Interessantes in der Hundezeitung.

»Viel hat sich hier aber nicht verändert«, stellte Josefine fest, als sie den Hof fast erreicht hatten. »Nicht einmal der ganze Schrott im Gebüsch hinter dem Haus wurde weggeräumt.«

»Warte, bis du den Innenhof siehst. Sieht noch schlimmer aus als damals«, warnte Theda.

Und genauso war es. Auf der Hoffläche vor dem Haus türmten sich bergeweise kaputte Möbel, prall gefüllte Müllbeutel und beschädigte Kleinteile wie Töpfe, Lampen und ausrangierte Textilien. Dazwischen liefen ein paar Hühner herum.

»Wenn das Sperrmüll ist, dann muss der aber noch mal ordentlich durchsortiert werden«, bemerkte Ralf kritisch.

»Na ja, wenn man alles entrümpelt, dann sieht das schon mal so aus«, wiegelte Josefine ab.

»Genauso ist es.« Hinter dem höchsten Müllberg tauchte der Kopf einer Frau auf. »Und Spaziergänger sollten einfach nur spazieren gehen und sich nicht in die Angelegenheiten anderer Leute einmischen.«

»Da haben Sie absolut recht«, stimmte Josefine zu. »Haben Sie den Hof gekauft? Der stand doch sehr lange leer, soweit ich weiß.«

Die Frau kam um den Müllberg herum auf die vier zu. Offensichtlich hatten Josefines Worte sie versöhnt, denn sie lächelte. »Gekauft habe ich die Bruchbude nicht, sondern gemietet. Dafür, dass ich hier ein wenig aufräume, ist die Miete äußerst günstig.« Sie hielt Josefine die Hand entgegen. »Moin, Monika Gerritsen.«

Josefine ergriff die Hand. »Josefine Brenner, moin. Das ist meine Enkelin Jessica und mein zukünftiger Schwiegerenkel Ralf. Theda Borchers haben Sie ja schon kennengelernt, wie mir meine Freundin berichtete.«

»Schwiegerenkel!« Monika Gerritsen lachte, während sie auch Jessica, Ralf und Theda die Hand schüttelte. Dann nickte sie Theda zu. »Schön, Sie wiederzusehen, Frau Borchers.« Zuletzt begrüßte sie auch Sir Toby, wobei sie sehr umsichtig mit dem Hund umging. Es war nicht ganz einfach, die Enddreißigerin, die ihnen offen entgegentrat und deren Lachen sehr sympathisch war, mit einer Animal-Horderin in Verbindung zu bringen.

»Theda erzählte, Sie planen, hier einen Archehof aufzubauen?«, tastete sich Jessica weiter voran.

Monika Gerritsen nickte. »Das hatte ich eigentlich vor. Aber es wird dann doch wohl eher eine Art Gnadenhof für ausgediente Bauernhoftiere werden. Zwar würde ich sehr gerne alte Haustierarten erhalten, doch das wird nicht funktionieren, wenn man nur züchtet, aber keins der Tiere abgeben will.«

»Und was ist mit der bioveganen Gemüseerzeugung?«, fragte Theda. »Das macht doch gar keinen Sinn, wenn Sie hier gerettete Nutztiere halten, die Ihnen besten Dünger liefern, den Sie dann aber gar nicht verwenden dürfen.«

Für einen Moment schaute die Frau Theda verwirrt an, dann fragte sie plötzlich: »Haben Sie vielleicht Lust auf einen Tee? Die Terrasse habe ich schon in Ordnung gebracht. Ich würde mich sehr gerne noch etwas mit Ihnen unterhalten. Bisher habe ich noch keine Bekanntschaften geschlossen.«

Sofort stimmte Josefine zu. Das hier lief eindeutig besser als gedacht.

»Wie schön. Dann folgen Sie mir. Aber bitte nicht so genau umschauen. Es gibt noch sehr viel zu tun, bevor man guten Gewissens Gäste empfangen kann.«

Die vier folgten der Hausherrin um die Müllberge herum.

Sir Toby brummte drohend, als ihm eines der Hühner mit angriffslustigem Gackern zu nahe kam. Das Huhn ließ sich jedoch davon nicht beeindrucken und so überholte Josefine die anderen, weil der Mops sein Heil in der Flucht suchte und hinter Monika Gerritsen herhastete.

Tatsächlich sah es im Inneren des Hauses jedoch gar nicht so übel aus. Die Wände im Flur waren tapeziert worden und frisch gestrichen. Die Küche, durch die Monika ihre Gäste auf die angrenzende Terrasse hinausführte, war entrümpelt und ein neuer Fußboden verlegt worden. Auch hier hatten die Wände frische Farbe bekommen. Herd, Kühlschrank und Spüle hatten bereits einen Platz gefunden.

»Das wird bestimmt bald sehr gemütlich sein«, lobte Theda beeindruckt.

»Ja, aber es dauert, da ich alles alleine mache«, antwortete Monika Gerritsen. »Nehmen Sie doch schon mal Platz. Ich koche rasch Tee.«

»Ich helfe Ihnen beim Raustragen«, bot Jessica an.

»Sehr gerne. Vielleicht holen Sie schon mal Tassen. Die stehen im Wohnzimmer. Auch ein Tablett werden Sie dort finden. Die Tür gleich gegenüber.«

Jessica betrat das Wohnzimmer. Zwar roch es hier ebenfalls nach frischer Farbe, doch ansonsten herrschte in diesem recht großen Raum das reinste Chaos. Allem Anschein nach stapelte Monika Gerritsen hier ihre sämtlichen Habseligkeiten inklusive der Möbel. Zum Glück thronten Teetassen und Tablett auf einem Stapel Kartons, sodass Jessica sie auf Anhieb fand. Schon wollte sie ihren Fund in die Küche tragen, da sah sie die Aufschrift auf einem kleineren Karton, der auf dem Sofatisch stand. *Prozess Jochen* war darauf zu lesen.

Rasch stellte Jessica das Tablett wieder ab und öffnete vorsichtig den kleinen Karton. Er enthielt ein heilloses Durcheinander von Papieren. Auch wenn sie nicht davon ausging, auf die Schnelle etwas Hilfreiches zu finden, nahm Jessica dennoch eins der Schreiben heraus. Ihr Blick flog über die Zeilen, die ein Anwalt verfasst hatte. Es ging um ein gegen Monika Gerritsen erlassenes Tierhaltungsverbot. Der Anwalt teilte ihr mit, dass es bei diesem Urteil ausschließlich um die Haltung von Hunden ginge, nicht aber um landwirtschaftliche Nutztiere, er aber dennoch empfehle, in Berufung zu gehen, um auch bezüglich der Nutztiere auf der sicheren Seite zu sein. Jessica traute ihren Augen nicht, als sie den Namen Clarissa Kaufmann las. Dem Schreiben zufolge war es die anwaltliche Strategie, Clarissa bezüglich der Tierhaltung vor Gericht als unglaubwürdige Zeugin darzustellen.

»Na, wenn das kein Motiv ist«, flüsterte Jessica und erschrak, als Monika plötzlich rief: »Finden Sie die Tassen nicht? Gleich auf den Kartons vorne rechts. Warten Sie, ich komme.«

»Gefunden!«, brüllte Jessica zurück, stopfte das Schreiben hektisch zurück und schloss den Karton. Rasch nahm sie das Tablett und lief aus dem Zimmer.

Monika lachte. »Tut mir leid. Ich hätte selbst gehen sollen. Es ist wirklich chaotisch da drinnen. Bringen Sie die Tassen doch gleich raus.«

»Sie haben es aber wirklich schön hier«, sagte Theda, als Monika den Tee einschenkte. »Hier stört einen wirklich niemand.«

»Sofern nicht gerade ein paar neugierige Spaziergänger vorbeikommen«, erinnerte Ralf grinsend.

»Ach, wenn die so nett sind wie Sie, dann freut mich das«, entgegnete Monika. »Sie haben recht, es ist wirklich schön hier. Aber manchmal auch ein wenig einsam.«

»Sie sollten einen Hund haben«, empfahl Josefine. »Besser zwei. Ich meine, eine Frau, ganz alleine hier draußen.«

Die Teekanne in Monikas Hand begann zu zittern und sie verschüttete ein wenig vom Inhalt. Tränen standen in ihren Augen, als sie Josefine anschaute. »Ich … ja … das wäre schön …« Sie stellte die Kanne ab, setzte sich und brach in Tränen aus.

»Entschuldigung«, sagte Josefine verdattert. »Offenbar habe ich eine alte Wunde aufgerissen. Das wollte ich nicht.« Sie war ehrlich verblüfft, denn mit einer solchen Reaktion hatte sie nicht gerechnet. Auch die andern schauten irritiert drein.

Monika winkte ab und zog dann ein Taschentuch aus der Tasche ihrer Jeans. »Konnten Sie ja nicht wissen.« Sie trocknete die Tränen und putzte ihre Nase. »Tut mir leid. Ich bin mit den Nerven ein wenig zu Fuß.«

»Können wir Ihnen irgendwie helfen?«, erkundigte sich Theda.

Wieder machte Monika eine wegwerfende Handbewegung. »Ist eine lange Geschichte.«

»Nun, es ist Sonntag, wir haben Zeit. Und überdies sind wir gute Zuhörer«, sagte Josefine lächelnd.

Kapitel 7

Steffen und Werner folgten Jessicas Theorie und suchten zuerst die Angehörigen des im Alter von sechsundneunzig Jahren jüngst verblichenen Anwalts Hinrich Kuiper auf. Dessen Sohn Fokko war alles andere als begeistert über einen sonntäglichen Besuch der Kriminalpolizei. Dennoch zeigte er sich kooperativ und bat die Kommissare in sein Arbeitszimmer.

»Es tut uns sehr leid, Sie am heiligen Sonntag belästigen zu müssen, aber Ihnen dürfte klar sein, dass im Falle eines Mordes jeder Tag zählt«, sagte Werner, sobald die drei Männer Platz genommen hatten.

»Wer wurde denn nun ermordet?«, erkundigte sich der Anwalt. »Und was habe ich damit zu tun?«

»Ob Sie etwas damit zu tun haben oder nicht, müssen wir erst noch herausfinden. Wir verfolgen gerade jede Spur, die sich irgendwie abzeichnet. Ist Ihnen eine Frau namens Clarissa Kaufmann bekannt?«

Der Anwalt dachte nach, zuckte dann mit den Schultern. »Der Name kommt mir bekannt vor. Aber ich könnte Ihnen jetzt so aus dem Stegreif nicht sagen, in welchem Zusammenhang. Sie hätten mich doch besser morgen in der Kanzlei aufsuchen sollen. Da hätte ich gleich nachschauen können.«

»Vielleicht im Zusammenhang mit der Räumung des Hauses eines Waffen- und Hundehändlers?«

»Ah! Der Fall Gerritsen! Natürlich! Die Frau Kaufmann hatte die Gerritsens angezeigt und trat auch als Zeugin auf. Monika Gerritsen ist meine Mandantin. Mit Frau Kaufmann hatte ich allerdings nichts zu tun. Außer bei Gericht natürlich. Frau Kaufmann wurde ermordet?«

Werner nickte und tauschte einen raschen Blick mit Steffen aus. Kuiper war der Anwalt von Monika Gerritsen! Womöglich schloss sich hier der Kreis.

»Nun ja, Frau Kaufmann sorgte dafür, dass der Hof geräumt wurde und Jochen Gerritsen ins Gefängnis kam. Wenn sie zu den Menschen gehörte, die ihre Nachbarn beobachten und jedes kleine Fehlverhalten zur Anzeige bringen, dann wundert es mich nicht, dass jemand zu einem solchen Mittel griff.«

»Im Falle der Gerritsens handelte es sich ja nicht gerade um ein kleines Fehlverhalten, sondern um eine schwerwiegende Straftat«, wandte Steffen ein.

»Im Falle von Jochen Gerritsen. Monika Gerritsen hatte nichts damit zu tun.«

Werner hob skeptisch die Augenbrauen. »Das glauben Sie doch wohl selbst nicht. Wie wütend war Monika Gerritsen auf Clarissa Kaufmann?«

»Tatsächlich glaube ich, was ich sage«, widersprach der Anwalt. »Und ohne meine anwaltliche Schweigepflicht zu gefährden, kann ich Ihnen sagen, dass Frau Gerritsen Frau Kaufmann höchstens dankbar war. Zorn oder gar Rachegefühle hegt sie nach wie vor in keiner Weise.«

Werner traute Rechtsanwälten grundsätzlich nicht über den Weg. Dennoch konnte er sich des Eindrucks nicht erwehren, dass Kuiper die Wahrheit sprach. Nun, vielleicht würden Josefine und ihre Begleiter etwas mehr über Frau Gerritsen erfahren. Und sollte es sich bei der Frau in Pilsum doch um die falsche Frau Gerritsen handeln, wusste er nun, wo er die Adresse der richtigen bekommen würde.

Irgendetwas raschelte vor der Zimmertür, dic Kuiper einen Spalt hatte aufstehen lassen.

Auch der Anwalt hatte das gehört, stand auf, ging rasch zur Tür und riss sie auf. Doch niemand war zu sehen. Er zuckte mit den Schultern, schloss die Türe nun richtig und ging zurück zu seinem Platz.

»Ach ja, unser Beileid zum Tod Ihres Vaters«, wechselte Steffen die Strategie. »Er war wohl sehr beliebt, der Anzahl der Traueranzeigen in der Zeitung nach zu urteilen.«

Fokko Kuipers Miene wechselte von jctzt auf gleich in den Alarmmodus. »Wie kommen Sie denn jetzt darauf? Und was hat das mit dem Mordfall zu tun?«

»Nichts«, antwortete Steffen ruhig. »Nur ein Gebot der Höflichkeit und des Respekts. Darf man fragen, woran Ihr werter Herr Vater verstarb?«

»Der Mann war sechsundneunzig. Was glauben Sie wohl, woran er starb?«, entgegnete Kuiper ungehalten und stand auf. »Wenn Sie keine Fragen Ihre Mordermittlung betreffend mehr haben, dann würde ich Sie jetzt bitten, zu gehen. Schließlich ist Sonntag und den verbringe ich gerne mit meiner Familie und nicht mit Arbeit.«

»Selbstverständlich.« Auch Werner erhob sich.

Steffen legte noch eine Visitenkarte auf den Schreibtisch. »Nur für den Fall«, sagte er und folgte Werner aus dem Zimmer.

Kuiper begleitete die Kommissare zur Haustür, die er demonstrativ weit öffnete. »Falls Sie noch weitere Fragen an mich haben, suchen Sie mich doch bitte in meiner Kanzlei auf.«

»Aber sicher«, entgegnete Werner.

Der Anwalt knallte die Tür ins Schloss, sobald Steffen und Werner das Haus verlassen hatten.

»Der hat doch garantiert Dreck am Stecken«, flüsterte Steffen.

Werner nickte. »So langsam nimmt diese Theorie Formen an, auch wenn sie erst ein wenig an den Haaren herbeigezogen wirkte. Sobald du seinen Vater erwähntest, wurde der Herr Anwalt doch recht nervös und abweisend. Sollte mich wundern, wenn der Herr Kuiper senior eines natürlichen Todes gestorben ist.«

»Was ich allerdings noch wesentlich verblüffender finde, ist die Tatsache, dass Kuiper ausgerechnet Monika Gerritsen vertritt. Mit etwas Glück haben wir gerade in ein Wespennest gestochen.«

Die Männer gingen auf dem gepflasterten Weg am Haus entlang zur Garagenauffahrt, wo sie den Dienstwagen geparkt hatten.

»Was ist das denn?«, fragte Steffen mit einem Mal und beschleunigte seine Schritte. »Bekommt man in dieser Gegend

Knöllchen für das Parken in Garagenzufahrten?« Er nahm den Zettel, der hinter einem Scheibenwischer steckte, und faltete ihn auseinander. In ordentlicher, aber leicht zittriger Handschrift stand auf dem Papier geschrieben:

Bitte treffen Sie mich heute Nachmittag um drei an der Evenburg. Ich kann hier nicht mit Ihnen sprechen. Ahlke Kuiper.

»Ach, guck«, entfuhr es Steffen.

»Was ist das?«, wollte Werner wissen.

»Steig erst mal ein, dann lese ich's dir vor.«

»Ahlke Kuiper«, sagte Werner nachdenklich, nachdem Steffen ihm die Mitteilung vorgelesen hatte. »Die Gattin des Juniors oder des verblichenen Seniors?«

»Dem Vornamen und der Schrift nach zu urteilen, die Witwe des Seniors.«

»Ist im Grunde ja auch egal. Auf jeden Fall ist der Dame daran gelegen, uns unter vier beziehungsweise sechs Augen zu sprechen.«

»Und was machen wir bis dahin?«, fragte Steffen nach einem Blick auf die Uhr. »Ich denke, wir sind auf der richtigen Spur und es macht wenig Sinn, unsere Liste weiter abzuklappern und trauernde Menschen noch dazu am Sonntag zu belästigen.«

Werner nickte. »Sehe ich auch so. Wir machen Mittagspause und fahren nachher zur Evenburg.«

Um halb drei holte Werner Steffen zu Hause ab und sie fuhren, wie besprochen, nach Leer in den Stadtteil Loga zum Schloss Evenburg, welches der Landkreis Leer im Jahr 1975 von Erika Gräfin von Wedel erworben hatte. Das Schloss war zum Kulturdenkmal geworden, der dazugehörige Schlosspark zum Naherholungsgebiet.

»Ey, verflucht!«, schimpfte Werner angesichts der Menschenmengen, die sich an diesem hochsommerlichen Sonntagnachmittag im Evenburgpark aufhielten. Darunter etliche Senioren. »Und wir haben nicht die leiseste Ahnung, wie die gute Ahlke Kuiper aussieht! Wenn sie wenigstens einen Treffpunkt genannt hätte.«

Steffen zuckte lässig mit den Schultern. »Ist doch kein Problem. Wir müssen nur nach einer Ausschau haltenden Frau Ausschau halten.«

Werner warf dem Freund einen Seitenblick zu. »Nach einer Ausschau haltenden Frau Ausschau halten … Gut, dass Nico bei uns der Schriftsteller ist.«

Steffen grinste. »Mir gefällt's. Aber jetzt sollten wir Ausschau halten.«

Nun grinste auch Werner. »Na gut, dann lass uns mal Ausschau halten.«

Und genau das taten sie. Eine halbe Stunde lang. Jedoch vergebens.

»Das bringt doch nix«, maulte Werner. »Außer uns beiden Volltrotteln hält hier niemand Ausschau. Mir ist heiß und ich hab Durst. Wir klappern jetzt sämtliche Senioren ab und fragen sie nach ihren Namen. Wer weiß, womöglich ist Ahlke senil und hat längst vergessen, dass sie uns hier treffen wollte. Ich meine, wenn man berücksichtigt, dass der Gatte fast hundert war.«

»Falls sie die Gattin und nicht die Schwiegertochter ist. Aber du hast recht. Ich geh nach links, du nach rechts und wir fragen sämtliche Senioren nach ihren Namen.«

Sie hatten sich dieses Vorgehen wesentlich leichter vorgestellt, als es sich dann tatsächlich gestaltete. Einige der älteren Menschen freuten sich so sehr darüber, angesprochen zu werden, dass sie sich alle Mühe gaben, den Kommissaren Hinweise auf eine Ahlke Kuiper zu geben, da die meisten sicher waren, eine zu kennen. Der eine oder andere Senior gab bei dem Versuch, zu erklären, welche Ahlke Kuiper er kannte, auch seine halbe Lebensgeschichte zum Besten.

»Das wird nix«, seufzte Werner, als er nach einiger Zeit wieder auf Steffen traf. »Ich kenne jetzt die Lebensgeschichten der halben Leeraner Einwohnerschaft siebzig plus. Und so, wie es aussieht, kennt jeder eine Ahlke Kuiper. Nur war keine dieser Ahlkes mit einem Rechtsanwalt verheiratet und heißt eigentlich auch nicht Kuiper.«

Auch Steffen war erschöpft. »Ich bin auf jeden Fall ziemlich sicher, dass unsere Ahlke nicht hier ist. Lass uns morgen herausfinden, ob sie wirklich die Witwe des verstorbenen Kuipers ist und ob sie im Haus von Fokko Kuiper wohnt. Falls ja, können wir morgen noch mal hinfahren. Da wird Fokko doch sicher wieder in seiner Kanzlei sein und wir können, von ihm unbeobachtet, mit ihr sprechen.«

Werner nickte erleichtert. »So machen wir das. Und jetzt fahren wir nach Hause. Ich bin fix und fertig und ich glaube, mein Deo hat versagt.«

Kapitel 8

Am Abend trafen sie sich zu acht zum Resteessen bei Josefine.

Ralf hatte noch einmal den Grill angefeuert, da gestern auch Fleisch übriggeblieben war, was Sir Toby dazu animierte, wieder einmal die beste Grillbeobachtungsposition einzunehmen.

Sarah hatte angeboten, auf Marthas und Werners Tochter Melanie aufzupassen. Als Gegenleistung forderte sie, dass man ihr eventuelle Fortschritte der Ermittlung nicht vorenthielt, worauf Werner und Steffen lachend zugestimmt hatten.

»Und? Hat euch die Liste irgendwie weitergebracht?«, wollte Jessica von den Leeraner Kommissaren wissen.

»Du wirst lachen, gleich der erste Angehörige, den wir aufsuchten, gab uns genug Anlass, die natürliche Todesursache seines Vaters zu hinterfragen.«

»Lasst mich raten – der Anwalt?«

»Genau.« Werner erzählte den Freunden von dem Gespräch mit Fokko Kuiper und der Tatsache, dass der Mann Monika Gerritsens Anwalt war.

»Was uns aber richtig ins Grübeln brachte, war dieser Zettel, der hinterm Scheibenwischer klemmte, als wir aus dem Haus kamen«, ergänzte Steffen und legte besagten Zettel auf den Tisch.

Martha schnappte ihn sich und las laut vor. Dann schaute sie ihren Mann, dem sie gegenübersaß, nachdenklich an. »Ahlke Kuiper? Fokko, Rechtsanwalt? Da klingelt was bei mir.« Sie reichte den Zettel an Josefine weiter, die jedoch nur die Schultern zuckte.

»Ich habe außer euch keine Bekannten in Leer«, sagte Theda.

»Ich hab's!«, rief Martha aus. »Früher war die immer zum Teekränzchen bei meiner Tante Talea! Mit dem Fokko hab ich im Sandkasten gespielt. Und der war damals schon ein Arschloch! Anwalt ist der also. Ich hätte gewettet, der wird Finanzbeamter, nur um von Berufs wegen Leute quälen zu dürfen.« Wie es ihre Art war, brachte sie ihre Gedanken ungefiltert und ungeschönt zum Ausdruck.

»Denkt ihr, Ahlke Kuiper ist vielleicht etwas zugestoßen?«, fragte Theda besorgt. »Ich meine, vielleicht hat jemand mitbekommen, dass sie euch den Zettel unter den Wischer klemmte.«

»Oder sie hat's vergessen. Der Mann war sechsundneunzig, als er starb.« Fokko Kuiper konnte sie schließlich nicht dabei gesehen haben, da war Werner sich sicher. »Wenn sie auch schon über neunzig ist …«

»Ist sie nicht«, widersprach Martha sofort. »Ich erinnere mich, dass sie sich häufiger bei meiner Tante darüber beklagt hat, dass es ein Fehler gewesen sei, einen zwanzig Jahre älteren Mann zu heiraten. Sie dürfte also etwa sechsundsiebzig sein und mit etwas Glück genauso fit wie Josefine und Theda.« Sie kramte ihr Smartphone aus der Handtasche. »Ich ruf mal Tante Talea an. Vielleicht kann sie uns etwas mehr über die Familie berichten.«

»Sag ihr doch, sie soll herkommen, wenn sie nichts Besseres vorhat.« Josefine wies auf die immer noch gut gefüllten Salatschüsseln. »Sonst müssen Theda und ich morgen immer noch Salate essen.«

Talea Lürsen war immer für ein wenig Tratsch zu haben und da sie tatsächlich nur eine Verabredung mit ihrem Fernseher hatte, saß sie fünfzehn Minuten später auf Josefines Terrasse und machte sich mit Jessica und Ralf bekannt. Josefine und Theda hatte sie bei einem von Josefines früheren Besuchen in Ostfriesland schon einmal kennengelernt.

Sir Toby war sichtlich begeistert vom neu hinzugekommenen Gast. Aufgeregt beschnüffelte er Taleas Hosenbeine.

Die lachte, als sie den Hund kraulte. »Das gefällt dir wohl. Vermutlich riechst du meinen kleinen Zoo.«

»Sie hat einen Hund, Hühner und einige Schafe«, klärte Britta Ralf und Jessica auf.

»Ihr steckt also alle Mann wieder einmal bis zum Hals in einem Mordfall«, stellte Talea dann fest. »Und was hat jetzt Ahlke Kuiper damit zu tun? Sie ist bestimmt kein unkomplizierter Mensch, aber ich bin doch ziemlich sicher, dass sie niemanden ermordet hat.«

»Und wie sieht es mit Ahlkes Gatten aus? Könnte den jemand ins Jenseits befördert haben?«

»Hinrich? Der war sechsundneunzig. Da stirbt man schon mal.«

»Wäre es trotzdem denkbar, dass jemand aus seiner Familie diesen Prozess beschleunigt haben könnte?«

»Behauptet Ahlke so was?«, wollte Talea wissen.

»Nicht direkt.« Steffen schob ihr den Zettel zu. »Aber offenbar wollte sie uns sprechen, ohne dass jemand aus ihrer Familie zugegen ist.«

»Also … ich will ja nicht schlecht über Ahlke reden, aber sie gibt gerne mal die Drama-Queen. Wer sollte Hinrich denn ermordet haben und warum? Er war schon länger krank und es war nur noch eine Frage der Zeit. Man versündigt sich doch nicht in diesem Ausmaß, wenn man alternativ nur die Hände in den Schoß legen und abwarten muss. Wart ihr denn nicht dort, um sie zu treffen?«

»Wir schon, Frau Kuiper aber leider nicht.«

Talea machte eine wegwerfende Handbewegung. »Ich würde es als Wichtigtuerei abhaken.«

»Würden wir auch, wenn wir nicht die Vermutung hätten, dass Hinrich Kuipers Tod in Verbindung mit einem aktuellen Mordfall steht«, sagte Werner mit einem Seufzer. Seine anfängliche Euphorie war verflogen. Anscheinend war der Fall dann doch nicht so leicht aufzuklären, wie es einen Moment lang ausgesehen hatte.

»Ich kann Ahlke ja mal anrufen«, schlug Talea vor. Mit Werners Leidensmiene hatte sie noch nie gut umgehen können. Schon zückte sie ihr Handy, rief die Nummer der Bekannten auf und hielt dann das Telefon ans Ohr. »Mmmmh …«, machte sie und sagte dann: »Moin Ahlke, Talea hier. Ruf doch bitte zurück. Danke.« Sie steckte das Smartphone zurück in die Tasche ihrer Strickweste. »Vielleicht sitzt sie mit Fokko, Sandra und den Kindern zusammen und hört das Telefon nicht«, vermutete sie.

Die vier Polizisten am Tisch tauschten Blicke aus. Natürlich war es möglich, dass Taleas Vermutung zutraf. Genauso gut war es aber auch möglich, dass man Ahlke daran hinderte, mit jemandem zu reden. Nur, solange sie keinerlei handfesten Beweis dafür hatten, konnten sie nichts unternehmen.

Dennoch beschloss Werner, dass der erste Weg morgen früh zum Haus der Kuipers führen würde. Im Moment würde man der Seniorin sicher nichts antun. Immerhin war Fokko Kuiper lange genug Anwalt, um zu wissen, dass das Augenmerk der Polizei gerade auf ihn und seine Familie gerichtet war.

»Wollt ihr gar nicht wissen, wie es bei Monika Gerritsen war?«, fragte Jessica nun.

»Ja, natürlich!«, rief Steffen aus. »Vor lauter Ahlke Kuiper hatte ich das schon beinahe vergessen. Handelt es sich tatsächlich um die Frau des Waffenhändlers?«

Jessica nickte und Josefine sagte: »Und mehr hat sie mit der ganzen Sache auch nicht zu tun. Wir haben sie als recht sympathische Frau kennengelernt, die einfach nur an den falschen Mann geraten war.«

»Wir sind alle ziemlich sicher, dass sie Frau Kaufmann nicht umgebracht hat«, fügte Ralf hinzu.

»Nun ja, man kann den Leuten nur vor den Kopf gucken«, wandte Werner ein.

»Das schon. Aber sie hat uns ihre halbe Lebensgeschichte erzählt. Und die war nicht schön«, berichtete Theda. »Noch dazu war sie so ehrlich, zuzugeben, dass sie selbst Fehler gemacht hat. Ganz besonders was die Verwahrlosung der Tiere anbelangt. Aber wenn man alle paar Tage fast krankenhausreif geschlagen wird, dann hat man womöglich ganz andere Sorgen.«

»Fast krankenhausreif ist vorsichtig formuliert.« Josefines Miene verfinsterte sich. »Alleine die schlecht verheilten Brüche zweier Finger und das leichte Hinken beim Laufen lassen vermuten, dass Frau Gerritsen durchaus häufiger einer Behandlung im Krankenhaus bedurft hätte. Nur hat dieser Widerling von einem Ehemann das nicht zugelassen.«

»Trotz allem wurde auch gegen Monika Gerritsen ein Tierhaltungsverbot erlassen«, fuhr Jessica fort. »Wie ihr ja inzwischen auch herausgefunden habt, ist Fokko Kuiper Frau Gerritsens Anwalt.«

Steffen und Werner nickten.

»Er empfahl ihr, Berufung gegen dieses Urteil einzulegen, und seine Strategie war laut eines Schreibens, das ich ganz zufällig sah, Frau Kaufmann, der ja zu verdanken ist, dass die Gerritsens aufflogen, vor Gericht als unzuverlässige Zeugin darzustellen. Daraufhin hat Frau Gerritsen von der Berufung abgesehen. Stattdessen sprach sie mit dem nun für sie zuständigen Amtsveterinär, der ihr immerhin ein paar Hühner gestattete und die Haltung in regelmäßigen Abständen kontrolliert. Laut Urteil gilt das Tierhalteverbot für fünf Jahre, lässt sich aber so interpretieren, dass es nur die Haltung von Hunden betrifft. Dennoch setzte sie sich vorher mit dem Amtsvet in Verbindung. Ich denke, dieses Verhalten lässt schon auf ihren Charakter schließen und demnach ist sie mit Sicherheit keine kaltblütige Mörderin.«

»Im Gegenteil reagierte sie auf die Nachricht von Frau Kaufmanns Tod ehrlich betroffen«, ergänzte Ralf. »Sie sagte, dass sie ihr zu großem Dank verpflichtet sei, denn auf diese Weise wurde der Teufelskreis durchbrochen, in dem Frau Gerritsen sich befand. Darum wollte sie eben auch die Berufung nicht, weil es ihr fernlag, Frau Kaufmann zu verunglimpfen.«

»Kennst du eine Clarissa Kaufmann?«, wollte Martha von ihrer Tante wissen.

Die schüttelte jedoch den Kopf. »Zugereiste?«, fragte sie dann.

»Ja«, beantwortete Werner die Frage. »Vor drei Jahren. Hatte mit diesen Hunderettern zu tun. Kennst du von denen jemanden?«

»Die Fellretter? Ja, da kenne ich ein paar. Maike Rolfs, die erste Vorsitzende, zum Beispiel. Die kauft bei mir Eier. Wir unterhalten uns aber nur selten. Die kennt kein anderes Thema als ihre Rumänienhunde. Ich bin allerdings noch vom alten

Schlag und der Meinung, jeder sollte seinen Welpen selbst verziehen dürfen. Immerhin weiß man dann, dass man es selbst verbockt hat, wenn man plötzlich einen Reißer an der Leine hat. Bei den importierten Hunden weiß man doch nie, was die schon durchgemacht haben. Und ich denke, für manch einen wäre es besser, man ließe ihn einfach auf den rumänischen Straßen. So schlecht leben die da gar nicht. Stattdessen fängt man fast wilde Tiere weg, packt sie in Zwinger und anschließend in Transportkisten, um sie hierher zu verfrachten und zu zwingen, fortan gemeinsam mit Menschen in Häusern zu leben. Ich bin nicht sicher, ob das wirklich richtig ist. Aber ich schweife ab. Entschuldigung. Dann kenne ich noch Ines und Heiko Schöller.« Für einen Moment wirkte Talea betroffen. Ihre Stimme klang ein wenig belegt, als sie weitersprach: »Besser gesagt, ich kannte Heiko. Ganz furchtbare Geschichte! Heiko verstarb plötzlich in der letzten Woche.«

Jessica, Steffen und Werner horchten auf.

»Sagtest du Heiko Schöller?«, hakte Werner nach.

Talea nickte. »Ja, warum?«

»Werner hat da so eine Theorie bezüglich unseres Mordfalls. Der Name Heiko Schöller fiel bei dieser Theorie ebenfalls. Weißt du, woran der Mann starb?«

»Sicher. Plötzlicher Herztod. Frühstückte noch gemütlich mit seiner Frau, wollte dann rasch ins Bad und rumms, aus, mitten im Flur. Dabei war er erst Anfang fünfzig und schien topfit zu sein. Aber weiß man's?«

»Wenn er noch so jung war, dann ist er ja mit Sicherheit nach dem Tod beschaut worden«, dachte Werner laut. Er sah Steffen an. »Sonja soll morgen früh als Erstes herausfinden, wer den Mann untersuchte. Mit diesem Arzt sollten wir unbedingt sprechen.«

»Ihr denkt, Heiko könnte ermordet worden sein?«

»Zurzeit gehen wir jeder Spur nach«, antwortete Steffen vage. »Was ist mit Frau Schöller?«

»Sie ist sehr gut mit Maike Rolfs befreundet. Mehr weiß ich über sie nicht. Wir kennen uns aus der Nachbarschaft und haben bisher eigentlich nur Smalltalk geführt.«

»Und sonst? Kennst du noch jemanden aus diesem Verein?«

»Nur vom Sehen, keine Namen. Also kann ich euch leider auch nicht viel über diese Leute sagen. Aber soweit ich weiß, treffen die sich jeden zweiten Montag im Monat zu einer Versammlung bei Maike Rolfs.« Sie zwinkerte ihrer Nichte und Britta zu. »Vielleicht gehen Martha und Britta da mal hin. Die beiden ermitteln doch gerne undercover.«

Werner wandte sich Jessica zu. »Siehst du, es ist immer gut, sich mit Nachbarn zu unterhalten. Zumindest ist das in unserer Gegend so. Meist erfährt man über Tratsch viel mehr als durch Zeugenbefragungen.«

»Du behauptest doch wohl nicht, dass ich tratsche, mein Junge«, sagte Talea in gespielter Empörung.

»Aber auf gar keinen Fall, Tantchen«, gab Werner lachend zurück.

Ralf war zum Grill gegangen und legte die letzten Würstchen auf einen Teller. »Kommt, Leute, keine Schwäche vortäuschen. Diese Würstchen müssen wir noch verdrücken, dann ist es geschafft.«

Der Mops unterm Tisch speiste an diesem Abend fürstlich, denn nicht nur ein Wurstzipfel fiel, natürlich ganz aus Versehen, unter den Tisch.

Kapitel 9

Am Montagmorgen brachten Steffen und Werner als Erstes Sekretärin Sonja Keller auf den aktuellen Stand der Ermittlung.

Werner telefonierte höchstselbst mit dem zuständigen Richter, um eine Anordnung zur Aushändigung der Fellretter-Mitgliederliste zu bekommen.

»Übrigens haben wir uns noch gar nicht darüber informiert, was Frau Kaufmann beruflich machte«, erinnerte Steffen. »Die Nachbarin hatte uns diese Frage nicht beantwortet und Frau Rolfs haben wir die gar nicht gestellt. Bestimmt kann man aber nicht davon leben, indem man gerettete Hunde vermittelt.«

Werner verdrehte die Augen. »Bei unserem Glück war sie Finanzbeamtin, was uns noch mehr potentiell Verdächtige beschert.«

Sonja lachte und tippte dann auf der Tastatur ihres Computers herum. »Nein, beim Finanzamt war sie nicht. Sie war Arzthelferin in der internistischen Praxis Dr. Hilde Grassmann, was aber die Möglichkeit eröffnet, dass sie einen Patienten vergrätzt haben könnte.«

»Na, ich glaube, diese Möglichkeit können wir erst mal außen vor lassen«, entgegnete Werner sichtlich erleichtert. »Nicht mal in Ostfriesland dürfte längeres Warten auf einen Termin zu Mord und Totschlag führen. Sollten sich die anderen Spuren als Sackgassen erweisen, kommen wir darauf zurück. Jetzt fahren wir zum Hause Kuiper und schauen mal nach, ob es uns gelingt, mit Ahlke zu sprechen.«

»Ich recherchiere derweil, ob ich noch etwas mehr zu den in den Fokus gerückten Personen herausfinden kann. Vielleicht entdecke ich ja irgendwo Überschneidungen mit Frau Kaufmanns Leben.«

»Am Ende waren sie alle Patienten von Frau Kaufmanns Arbeitgeberin«, witzelte Steffen, was allerdings nur Sonja zum Lachen brachte.

Werner schnappte sich seine Weste und zog sie über, während er schnurstracks aus dem Büro stiefelte.

»Du weißt doch, dass er seinen Humor an Montagen zu Hause lässt«, flüsterte Sonja.

Steffen grinste. »Während einer Mordermittlung nimmt er ihn auch an anderen Tagen selten mit, solange wir den Mörder nicht dingfest gemacht haben.« Er winkte Sonja zu und folgte Werner zum Auto.

Zwanzig Minuten später parkten sie erneut vor dem imposanten Haus der Familie Kuiper. In der Einfahrt stand das Fahrzeug eines Hauspflegedienstes.

»Sieht so aus, als hätten wir Glück und die Gesuchte ist zu Hause«, stellte Werner fest und seine Miene hellte sich ein wenig auf, ebenso wie seine Laune.

Die Kommissare stiegen aus dem Auto. Es gab zwei Haustüren, eine, die ins Haupthaus führte, und ein Stück weiter links, der Eingang einer Einliegerwohnung. Neben der Tür zur Einliegerwohnung waren unter der Klingel die Namen Dr. Hinrich Kuiper und Ahlke Kuiper zu lesen.

Gerade wollte Steffen klingeln, da wurde die Tür geöffnet und eine in Weiß gekleidete Frau fuhr erschrocken zusammen. »Meine Güte! Haben Sie mich erschreckt!«, rief sie aus.

»Tut uns leid«, erwiderte Steffen. »Aber wir konnten ja nicht ahnen, dass Sie in diesem Moment aus dem Haus kommen.«

Die Frau lächelte. »Ja, natürlich. Zu wem wollen Sie denn? Außer der alten Frau Kuiper ist gerade niemand hier.«

»Wenn es sich bei der alten Frau Kuiper um Frau Ahlke Kuiper handelt, dann wollen wir genau zu ihr.« Steffen zog seinen Dienstausweis hervor und zeigte ihn der Pflegerin.

»Oh! Kriminalpolizei! Was wollen Sie denn von Frau Kuiper?«

»Es geht um eine Zeugenaussage«, antwortete Werner nur kurz.

Die Pflegerin schaute ihn skeptisch an. »Hat sie wieder mal Gespenster gesehen?«, fragte sie dann mit gesenkter Stimme.

»Sieht sie die denn häufiger mal?«, erkundigte sich Werner.

Die Pflegerin trat aus dem Haus und zog die Tür weiter zu, achtete aber darauf, dass sie nicht ins Schloss fiel. »Allerdings tut sie das«, sagte sie dann, wieder in normaler Lautstärke. »Ich denke, sie hat den Tod ihres Mannes noch nicht verkraftet. Behauptet stets, er sei ermordet worden.« Sie fasste sich an die Stirn. »Ja, klar, darum sind Sie hier! Frau Kuiper hat Sie alarmiert! Sie sollen herausfinden, wer Hinrich Kuiper auf dem Gewissen haben könnte.«

»Wäre es denn nicht denkbar? Ich meine, wenn die Frau mit solcher Vehemenz an dieser Behauptung festhält, dass sie sogar die Kriminalpolizei alarmiert.«

Die Pflegerin schüttelte den Kopf. »Nein, Herr … äh …«

»Köster.« Steffen wies auf Werner. »Mein Kollege Harms.«

»Tomke Kühn«, stellte sich nun auch die Pflegerin namentlich vor. »Nein, Herr Köster. Hinrich Kuiper war sechsundneunzig Jahre alt, was allein schon überraschend war, denn er hatte nie auf seine Ernährung geachtet und war dementsprechend übergewichtig. Außerdem hat er bis kurz vor seinem Tod geraucht und Alkohol getrunken. Also, eigentlich unternahm er zeit seines Lebens alles, um auf keinen Fall ein so hohes Alter zu erreichen. Zum Schluss erlag sein Körper dann aber doch all diesen Misshandlungen. In den letzten drei Wochen seines Lebens hatten die Kuipers unseren Pflegedienst damit beauftragt, sich um den Senior zu kümmern. Ich kann also mit Sicherheit sagen, dass der Mann nicht ermordet wurde.«

»Und nun kümmern Sie sich um Frau Kuiper senior?«, wollte Werner wissen.

Tomke Kühn nickte. »Wie schon erwähnt, verkraftete Frau Kuiper den Tod ihres Mannes nicht gut. Seitdem baut sie tagtäglich weiter ab. Wir kommen morgens und abends, um sie bei der Körperpflege und beim An- und Ausziehen zu unterstützen.« Sie schaute auf die Uhr. »Tut mir leid, ich muss jetzt dringend weiter. Meine Leutchen warten auf mich.« Sie wies auf das Logo des Pflegedienstes auf ihrem Auto. »Falls Sie noch etwas wissen müssen – dort finden Sie mich.«

Steffen bedankte sich, und während die Pflegerin zu ihrem Wagen eilte, drückte er auf den Klingelknopf. Zwar hatte Tomke Kühn die Tür offen gelassen, doch der Oberkommissar hatte Sorge, dass ein unangekündigtes Eintreten die Seniorin womöglich zu Tode erschrecken könnte.

»Hast du was vergessen, Tomke?«, schallte es von drinnen.

»Moin Frau Kuiper«, rief Steffen ins Haus. »Kriminalpolizei Leer! Sie wollten gestern mit uns sprechen!«

Die Tür wurde aufgezogen und vor den Kommissaren stand eine zierliche, weißhaarige Frau, die sich schwer auf einen Stock stützte. Sie wirkte weitaus älter als die sechsundsiebzig Jahre, die sie laut Martha zählen sollte.

»Moin, die Herren. Kommen Sie rein. Schön, dass Sie hier sind. Gestern habe ich es nicht in den Evenburgpark geschafft. Die Hitze, Sie verstehen? Es tut mir sehr leid, sollten Sie vergeblich dort auf mich gewartet haben.«

Steffen und Werner wechselten einen Blick, enthielten sich jedoch jedweden Kommentars und folgten Ahlke Kuiper dann in die sehr geräumige Wohnung.

»Möchten Sie vielleicht einen Tee?«, erkundigte sich die Seniorin und bot den Männern mit einer Geste Platz auf dem Sofa an.

»Nein danke«, lehnte Werner ab.

»Setzen Sie sich doch hin«, sagte Steffen.

Schwer ließ Ahlke Kuiper sich in einen Sessel fallen. Den Stock legte sie auf ihre Oberschenkel, um ihn stets griffbereit zu haben. »Es ist gut, dass Sie jetzt gekommen sind. Offenbar haben Sie kombiniert, dass ich Sie allein sprechen wollte und meine Familie tagsüber nicht im Haus ist.« Sie nickte zufrieden. »Das spricht ganz offensichtlich für Ihr Geschick als Ermittler, was mich hoffen lässt, dass Sie den Mord an meinem Mann aufklären werden.«

»Was führte Sie denn zu der Annahme, dass Ihr Gatte ermordet wurde?«, wollte Steffen wissen.

»Er war meiner Schwiegertochter schon seit Jahren ein Dorn im Auge!«, fuhr die alte Frau auf. »Und nun wird sie mir nach dem Leben trachten oder mich zumindest in eins dieser Heime abschieben! Warum, denken Sie, hat sie mir diesen Pflegedienst auf den Hals gehetzt? Als ob ich mich nicht selbst waschen und anziehen könnte!«

»Aber warum sollte sie das tun?«, fragte Steffen.

»Na, ist das nicht offensichtlich?«, fragte Ahlke Kuiper erbost.

»Nein«, antwortete Steffen vorsichtig.

Ahlke seufzte und machte dann eine ausladende Geste mit der Hand. »Sie will diese Wohnung für ihren Sohn! Dominik will unbedingt ausziehen. Sandra würde aber niemals zulassen, dass sie nicht mehr den Daumen auf ihrem Goldschatz hat. Also wäre diese Wohnung doch die perfekte Alternative. Dominik hat sein eigenes Reich, steht aber immer noch unter der Fuchtel seiner Mutter.«

»Und aus diesem Grund soll Ihre Schwiegertochter Ihren Mann umgebracht haben?«, fragte Werner ungläubig.

»Natürlich! Hinrich hätte niemals zugelassen, dass man uns in ein Heim abschiebt! Schlimmstenfalls hätte er sie alle enterbt. Nun ist Hinrich tot, Fokko und Sandra haben alles geerbt. Jetzt müssen sie nur noch mich loswerden. Aber da haben sie die Rechnung ohne den Wirt gemacht. Wenn Sie beide Ihre Arbeit vernünftig erledigen, dann wandert meine Schwiegertochter hinter Schloss und Riegel und alles ist wieder gut.«

»Auf welche Weise soll Ihre Schwiegertochter diesen Mord denn verübt haben?«, erkundigte sich Steffen.

»Was weiß ich! Das herauszufinden ist doch Ihr Job, oder?«

»Ja, natürlich. Wer stellte denn den Tod Ihres Mannes fest?«

»Na ich. Der lag ja schließlich morgens tot neben mir.«

»Entschuldigung, ich habe mich missverständlich ausgedrückt. Wer stellte den Totenschein aus? Sie haben doch bestimmt einen Notarzt gerufen.«

»Wozu? Hinrich war schon eiskalt. Da hätte ein Notarzt auch nichts mehr ausrichten können. Mein Sohn rief unsere Hausärztin an und die stellte den Totenschein aus.«

»Wer ist denn Ihre Hausärztin?«, fragte Werner, obwohl er glaubte, die Antwort bereits zu kennen.

»Hilde Grassmann«, antwortete Ahlke Kuiper auch prompt.

»In Ordnung, Frau Kuiper.« Werner erhob sich. »Dann werden wir uns erst einmal mit Frau Doktor Grassmann unterhalten.«

»Mit der brauchen Sie gar nicht zu sprechen. Die ist eine Freundin meiner Schwiegertochter. Bestimmt hat sie etwas Falsches in den Totenschein geschrieben, um Sandra zu decken.«

»Dennoch müssen wir ja irgendwo anfangen und können uns so ein eigenes Bild von Doktor Grassmann machen.«

Ahlke Kuiper nickte. »Das ist wahr. Als erfahrene Ermittler werden Sie bestimmt erkennen, wenn die Frau Sie belügt.«

»So ist es, Frau Kuiper.« Steffen stand ebenfalls auf.

Auch die Seniorin wollte sich erheben, doch er sagte: »Bleiben Sie sitzen. Wir finden schon alleine raus. Sobald wir etwas herausgefunden haben, werden wir uns bei Ihnen melden.«

»Aber nur vormittags, ja? Und auf keinen Fall am Wochenende! Sie wissen ja – Sandra und Fokko dürfen nichts davon mitbekommen.«

»Selbstverständlich. Einen angenehmen Tag noch.«

Schnell verließen die Kommissare das Haus.

»Was hältst du von der Sache?«, wollte Werner von Steffen wissen.

Der zuckte mit den Schultern. »Auf jeden Fall sollten wir der Angelegenheit auf den Grund gehen. Zwar haben uns jetzt schon zwei Leute gesagt, dass die gute Ahlke Kuiper nicht mehr so recht in der Spur läuft, dennoch sollten wir das nicht damit abtun.«

Werner nickte. »Zumal auch noch Frau Kaufmanns Chefin den Totenschein ausstellte. Womöglich kam Frau Kaufmann so auf die Idee, dass Hinrich Kuiper keines natürlichen Todes starb.«

»Diese Tatsache ist zumindest ein hübsches Puzzleteil für diese Theorie«, stimmte Steffen zu. »Also fahren wir jetzt zur Praxis Grassmann?«

»Das halte ich für sinnvoll. Die müssen ohnehin noch über den Tod ihrer Mitarbeiterin informiert werden.«

Sie wollten sich gerade auf den Weg zum Auto machen, als in halsbrecherischem Tempo ein Fahrradfahrer in die Einfahrt schoss und sein Rad mit quietschenden Bremsen knapp vor dem Garagentor stoppte. Er sprang ab, schaute die Kommissare an und fragte: »Wer sind Sie denn?«

»Dominik Kuiper, wie ich vermute«, entgegnete Werner.

»Stimmt. Darum noch mal die Frage: Wer sind Sie und was wollen Sie?«

»Allianz-Versicherung«, antwortete Steffen geistesgegenwärtig. »Wir hatten ein paar versicherungstechnische Fragen mit Ihrer Großmutter zu klären.«

»Oha! Sind Sie klargekommen?« Dominik nahm seinen Rucksack ab.

»Sicher. Warum sollten wir nicht?«

»Ich hoffe, sie hat Ihnen nicht auch erzählt, wir hätten ihren Mann umgebracht.«

»Nein, das hat sie nicht«, behauptete Steffen. Dann grinste er Dominik an. »Wieso? Haben Sie?«

»Was?«

»Na, Ihren Großvater umgebracht?«

Dominik schaute erst verblüfft drein, dann lachte er. »Das würde ich dann garantiert Ihnen auf die Nase binden. Nein, aber ganz im Ernst. Ich fürchte, meine Grandma ist nicht mehr ganz zurechnungsfähig. Deswegen nutze ich auch meine Freistunde, um nach ihr zu sehen. Sollten Sie also etwas Wichtiges zu besprechen haben, wenden Sie sich lieber an meinen Vater. Der ist Rechtsanwalt.«

»In Ordnung. Wir werden das berücksichtigen. Danke für den Tipp. Und einen schönen Tag noch.«

Dominik verabschiedete sich und ging dann schnurstracks zur Tür der Einliegerwohnung, die er mit einem eigenen Schlüssel öffnete. Offenbar war er tatsächlich gekommen, um nach seiner Oma zu sehen.

»Merkwürdige Familie«, sagte Werner, als sie ins Auto gestiegen waren.

»Und die Schwiegertochter kennen wir noch nicht mal.«
Werner grinste. »Dann sehen wir uns eben erst einmal deren Freundin an. Auf zur Praxis Grassmann.«

Kapitel 10

Die beiden Arzthelferinnen hinter dem Empfangstresen schauten erstaunt auf die Dienstausweise der Kommissare.

»Ähm … Frau Doktor Grassmann hat gerade noch einen Patienten.« Die Dunkelhaarige hatte sich zuerst gefasst.

»Hat es … also … hat Ihr Besuch mit Clarissa zu tun?«, stammelte dann die Blonde.

»Wie kommen Sie darauf?«, fragte Werner.

»Na, weil Clarissa nicht hier ist. Sie hat sich nicht krankgemeldet und geht nicht ans Telefon. Wir machen uns also schon Sorgen ihretwegen, seit wir in der Praxis sind.«

Steffen nickte. »Ja, wir sind wegen Frau Kaufmann hier.«

»Ist ihr etwas zugestoßen? Hatte sie einen Unfall?«, stieß die Dunkelhaarige hervor.

»Machst du bitte einen neuen Termin für Herrn Menninga, Anke?«, ertönte eine weibliche Stimme hinter ihnen.

Die Kommissare wandten die Köpfe. Eine blonde Frau im weißen Kittel und ein älterer Mann betraten den Empfangsraum.

Während der Mann, vermutlich Herr Menninga, an den Tresen trat, wandte sich Werner an die Frau: »Frau Doktor Grassmann?«

Die Frau nickte.

Werner zeigte auch ihr seinen Dienstausweis. »Wir müssten Sie in einer dringenden Angelegenheit sprechen.«

»Es ist Montagvormittag. Das Wartezimmer ist gerammelt voll«, erwiderte Doktor Grassmann.

»Die Beantwortung unserer Fragen hat keine Zeit bis Dienstag«, sagte Werner. »Und da unsere Informationen Sie in direkter Linie betreffen …«

»Ja, in Ordnung, dann kommen Sie mit.« Sie schaute noch einmal zum Tresen hinüber und sagte: »Und ihr ruft bitte noch mal bei Clarissa an. Kann ja wohl nicht angehen, dass die uns an einem Montag hängenlässt.«

»Das wird nicht nötig sein, Frau Doktor Grassmann«, sagte Steffen mit gesenkter Stimme. »Wir sind wegen Frau Kaufmann hier.«

»Oh, mein Gott!«, rief die Ärztin aus. »Ist ihr etwas zugestoßen?«

»Vielleicht sollten wir in Ihr Büro gehen«, schlug Werner vor, dem nicht entgangen war, dass die Aufmerksamkeit des Patienten Menninga weit mehr dem Gespräch hinter ihm als seinem neuen Termin galt.

»Ja, natürlich. Kommen Sie.« Mit wehendem Kittel lief sie voran und führte die Kommissare in ihr Büro.

»Also, sagen Sie mir bitte, was mit Clarissa ist«, forderte die Ärztin auf, sobald sie die Tür hinter den Kommissaren geschlossen hatte.

»Frau Kaufmann wurde am Samstag tot aufgefunden«, teilte Steffen ihr mit. »Alle Umstände weisen darauf hin, dass Ihre Angestellte durch Fremdeinwirkung zu Tode kam.«

»Jemand hat sie umgebracht?« Entsetzt schaute Hilde Grassmann Steffen an.

Der Oberkommissar nickte.

»Das ist grauenhaft! Wer könnte ihr denn so etwas antun?«

»Um das herauszufinden, sind wir hier«, antwortete Werner. »Und wir hoffen, dass Sie uns weiterhelfen können.«

»Wenn ich kann, selbstverständlich. Setzen Sie sich doch.« Die Ärztin wies auf die beiden Stühle vor ihrem Schreibtisch. Sie selbst nahm dahinter Platz.

»Seit wann arbeitete Frau Kaufmann in Ihrer Praxis?«, wollte Werner wissen, sobald auch er saß.

»Das genaue Datum kann ich Ihnen so spontan nicht nennen, da müsste ich nachschauen. Aber es dürften jetzt wohl zweieinhalb Jahre sein. Und bevor Sie fragen – Clarissa hat sich in dieser Zeit als äußerst kompetente und zuverlässige Arzthelferin erwiesen. Sie verstand sich hervorragend mit ihren Kolleginnen und die Patienten mochten sie sehr.« Doktor Grassmann lächelte traurig. »Besonders die Patienten, die zur Blutentnahme kommen, werden sie zukünftig schmerzlich vermissen, und das im wahrsten Sinn des Wortes schmerzlich.«

»Ich schließe daraus, dass es keinen nennenswerten Ärger zwischen Frau Kaufmann und Patienten gab?«, hakte Werner nach.

»Nein, niemals. Ganz im Gegenteil. Unsere Anke kann schon mal ein wenig schnippisch sein, wenn Patienten sich in irgendeiner Form negativ äußern oder ungeduldig werden. Clarissa gelang es stets, in solchen Situationen die Wogen beider Parteien zu glätten.« Sie seufzte und ihre Augen schimmerten feucht. »Ehrlich gesagt, weiß ich gar nicht, was ich ohne Clarissa machen soll. In den zweieinhalb Jahren ist sie quasi das Herz der Praxis geworden.«

»Was wissen Sie über Frau Kaufmanns Privatleben?«, wollte Steffen wissen.

»Nicht viel«, gab die Ärztin zu. »Ich habe eine gutgehende Praxis, da bleibt nicht viel Zeit für Privates. Hin und wieder gehe ich zusammen mit meinen Mädchen essen, dann reden wir natürlich nicht nur über die Arbeit. Aber Clarissa sprach immer nur über ihr Engagement bei der Hunderettung.« Wieder lächelte sie. »Da war sie wirklich hartnäckig. Wir haben auch einen Hund, den sie uns vermittelte, ebenso wie Sabine, meine andere Assistentin.«

»Sie sind eine Freundin von Sandra Kuiper?«, fragte Werner unvermittelt.

Hilde Grassmann schaute den Hauptkommissar überrascht an. »Äh … ja … Aber was hat das mit Clarissa Kaufmann zu tun?«

»Das ist uns selbst noch nicht so richtig klar«, antwortete Werner ausweichend. »Bekannt ist uns bisher nur, dass Frau Kaufmann eine Mandantin von Fokko Kuiper angezeigt hat. Außerdem schien sie Zweifel am angeblich natürlichen Tod von Hinrich Kuiper zu hegen.«

»Jetzt hören Sie aber auf!«, fuhr die Ärztin auf. »Ich selbst habe den Totenschein für Hinrich ausgestellt! Der Mann war sechsundneunzig und konnte kaum noch krauchen! Er litt unter Bluthochdruck, Diabetes und COPD. Trotzdem hat er geraucht und einen Whisky nach dem anderen gekippt. Den ersten meistens schon am Vormittag. Von Schokolade und Pralinchen will ich gar nicht erst anfangen. Ich bin noch immer in höchstem Maße erstaunt, dass Herz und Leber das überhaupt so lange mitgemacht haben.« Sie stand auf, ging zu einem Aktenschrank und zog die Schublade auf. Sie wühlte ein paar Sekunden darin herum und kam dann mit einer Akte zurück, die sie aufschlug und vor die Kommissare hinlegte. »Da Fokko aber damit rechnete, haben wir Hinrich beschauen lassen. Bitte sehr. Das ist das Ergebnis der Beschau durch den Kollegen Berger.«

Steffen und Werner lasen aufmerksam den Befund. Zwar verstanden sie nicht alle der verwendeten medizinischen Fachbegriffe, doch es war klar zu erkennen, dass Hinrich Kuiper schlicht und ergreifend an Altersschwäche beziehungsweise den von der Ärztin angeführten Erkrankungen gestorben war, womit Doktor Berger die Diagnose seiner Kollegin Grassmann bestätigte.

»Ich zeigte diesen Befund auch Ahlke Kuiper«, fuhr Doktor Grassmann fort. »Doch sie hat sich so sehr darauf versteift, glauben zu wollen, dass Sandra Hinrich umgebracht hat, um Ahlke ins Altersheim abschieben zu können, dass sie gar nicht mehr richtig zuhört.«

»Ist denn tatsächlich etwas in der Art geplant?«

»Nein. Zwar wäre Sandra ausgesprochen froh, würde Ahlke sich entschließen, ins Heim zu gehen. Die beiden haben sich nie gut verstanden und die arme Sandra lebt nun schon seit zwanzig Jahren mehr oder weniger mit der ungeliebten Schwiegermutter unter einem Dach. Doch Dominik hängt sehr an seiner Oma. Er würde niemals zulassen, dass sie in ein Heim abgeschoben wird. Der Junge kümmert sich wirklich reizend um die alte Frau.«

Werner schloss die Akte und schob sie Hilde Grassmann zu. »Um wieder auf Frau Kaufmann zurückzukommen – wir konnten keine Angehörigen ausfindig machen. Ist Ihnen da jemand bekannt?«

Doktor Grassmann schüttelte den Kopf. »Es gibt keine, von denen ich wüsste. Die Eltern sind gestorben, bevor Clarissa nach Ostfriesland zog. Geschwister hatte sie nicht. Vermutlich gibt es weiter entfernte Verwandte, allerdings schien sie keinen engeren Kontakt zu pflegen. Vielleicht sprechen Sie noch mal mit Anke und Sabine. Womöglich hat sie einer der beiden mal etwas erzählt.«

»Was ist mit einem Partner? Uns wurde berichtet, dass es einen Mann in Clarissas Leben gab. Doch niemand weiß, wer dieser mysteriöse Typ ist. Nicht einmal einen Vornamen konnte man uns nennen.«

»Tut mir leid. Auch ich kann Ihnen da nicht weiterhelfen. Ich kann lediglich bestätigen, dass sie von einem Freund gesprochen hat. Aber sie nannte nie einen Namen. Ich vermute, sie hatte ihre Gründe dafür.«

»Welchen Grund könnte sie gehabt haben?«, hakte Steffen nach.

»Na, das muss ich Ihnen doch sicher nicht erzählen. Vermutlich ist der Mann verheiratet. Und ich nehme außerdem an, dass er hier Patient ist. Warum sonst sollte sie keinen Namen genannt haben?«

»Wir bedanken uns erst einmal, Frau Doktor Grassmann. Wenn es Ihnen recht ist, würden wir uns gerne noch mit Ihren Angestellten unterhalten.«

Doktor Grassmann stand auf. »Wissen Sie was? Ich kümmere mich jetzt in einem der Behandlungsräume weiter um meine Patienten und schicke Ihnen Anke hierher. Wäre das in Ordnung für Sie?«

»Das wäre großartig. Vielen Dank.«

Die Ärztin verließ das Büro, schloss aber die Türe nicht hinter sich und so konnten die Kommissare hören, dass sie mit ihren Angestellten sprach und eine der beiden daraufhin einen entsetzten Schrei ausstieß. Kurz darauf trat Arzthelferin Anke ein und setzte sich auf Werners Geheiß hin auf Doktor Grassmanns Platz. In ihren Augen schwammen Tränen.

»Würden Sie uns Ihren Namen nennen?«, bat Steffen.

»Anke Flessner«, antwortete sie heiser vom unterdrückten Weinen.

»Sie verstanden sich gut mit Frau Kaufmann?«, erkundigte sich Steffen.

Anke nickte und schluchzte kurz auf. Hastig wühlte sie ein Taschentuch aus ihrer Hosentasche und trocknete ihre Augen.

»Sprach Frau Kaufmann mit Ihnen über den Mann in ihrem Leben?«

»Gab es da einen?« Anke zuckte mit den Schultern. »Ich dachte, sie hätte nur ihre Hunde im Kopf.«

»Sie hat nie mit Ihnen über einen Mann gesprochen?«

»Nein. Da fragen Sie besser Sabine. Die beiden waren enger befreundet als Clarissa und ich.«

»Also wissen Sie wahrscheinlich auch nichts über Frau Kaufmanns Verwandtschaft«, vermutete Werner.

»Nur, dass ihre Eltern schon recht jung gestorben sind. Beide an Krebs. Darum machte Clarissa sich auch immer Sorgen, dass es sie womöglich auch erwischen könnte. Sie ließ keine Vorsorgeuntersuchung aus. Von anderen Verwandten weiß ich nichts. Aber, wie schon gesagt, fragen Sie Sabine.«

»Dann seien Sie doch so nett und schicken uns Ihre Kollegin.«

»Gerne.« Erleichtert sprang Anke auf und lief aus dem Raum.

Offenbar hatte Kollegin Sabine wissen wollen, was Anke von den Kommissaren gefragt worden war, denn es dauerte eine Weile, bis sie eintrat.

Auch sie wurde von Werner aufgefordert, hinter dem Schreibtisch Platz zu nehmen.

»Anke sagte mir schon, was Sie alles wissen wollen«, bekannte sie freimütig. »Und ja, Clarissa und ich waren gut befreundet und sie erzählte mir auch von einem Mann. Allerdings nannte sie mir gegenüber nie einen Namen und ich denke, es gab da nicht wirklich jemanden. Es war ihr einfach nur peinlich, dass sie nur ihre Hunde hatte.«

»Ihre Chefin deutete an, dass es sich bei diesem Mann womöglich um einen verheirateten Patienten gehandelt haben könnte, Frau …«, griff Steffen Doktor Grassmanns geäußerte Vermutung auf.

»Specht. Sabine Specht.« Sie schüttelte den Kopf. »Nein, das glaube ich nicht. Das wäre mir oder Anke doch aufgefallen, wenn sie mit einem unserer Patienten geflirtet hätte. Außerdem nahm Clarissa ihren Job sehr ernst. Niemals hätte sie so etwas getan. Sollte Frau Doktor Grassmann recht haben, dann dürften Sie diesen verheirateten Mann wohl eher unter den Hundeleuten finden.«

Werner nickte. Dieser Gedanke war ihm auch schon gekommen. »Auch an Sie die Frage nach Frau Kaufmanns Verwandtschaft.«

»Es gibt noch eine Tante, von der sie mir erzählte. Die leidet aber an Demenz und lebt in einem Heim in Hamburg. Sie war wohl nie verheiratet und hatte auch keine Kinder.«

Werner überreichte Sabine Specht eine Visitenkarte. »Vielen Dank, Frau Specht. Falls Ihnen oder Ihrer Kollegin noch etwas einfällt, von dem Sie denken, es könnte uns weiterhelfen, melden Sie sich doch bitte.«

»Klar«, antwortete die Arzthelferin.

Gemeinsam gingen sie nach vorne, wo die Kommissare sich verabschiedeten.

»Ich denke, Kuiper ist eine Sackgasse. Der ist wohl tatsächlich an Altersschwäche gestorben«, sagte Werner, sobald sie wieder im Auto saßen.

»Vielleicht lag die Zeitung auch einfach nur so dort und wir haben uns zu sehr auf diese Theorie versteift. Blöderweise scheint auch der Zusammenhang mit Gerritsens uns nicht weiterzuführen. Lass uns ins Büro fahren und unsere Gedanken sortieren. Wir sollten noch einmal auf Anfang gehen.«

»Ich fürchte, uns bleibt nichts anderes übrig.«

Kapitel 11

Martha hatte völlig vergessen, dass sie sich für den Montag mit Freundinnen zu einem Spielenachmittag für die Kinder verabredet hatte. Da diese Nachmittage sich erfahrungsgemäß bis in den frühen Abend hineinzogen, musste sie schweren Herzens darauf verzichten, Britta zur Versammlung der Fellretter zu begleiten. Also bat Britta kurzerhand Josefine, Theda und Jessica um Unterstützung.

»Eigentlich wollte ich ja mitkommen, aber ich hab's mir anders überlegt. Ich denke, es ist besser, ich bin nicht dabei«, sagte Jessica. »Zwar hatte ich darüber nachgedacht, einfach vorzugeben, durch die Ermittlungsarbeit auf die Hundegeschichte aufmerksam geworden zu sein, doch vermutlich haben die Leute weniger Vorbehalte, wenn keine Polizistin dabei ist. Bestimmt werden sie euch eher etwas erzählen, als wenn sie denken, ich würde sie ausspionieren.«

»Und ich leiste Jessica und Sir Toby Gesellschaft«, beschloss Theda. »Zu viele Köche verderben ja auch gerne mal den Brei. Ihr beide macht das schon.«

So fuhren also Britta und Josefine zu Maike Rolfs' Haus, dessen Adresse sie von Jessica bekommen hatten. Um kein unnötiges Aufsehen zu erregen, hatten sie Brittas Land Rover genommen und nicht Josefines Leichenwagen.

Auf der Wiese links neben dem Haus parkten bereits vier Fahrzeuge und so stellte Britta ihren Wagen ebenfalls dort ab.

»Die Anzahl der teilnehmenden Mitglieder scheint übersichtlich zu sein«, stellte Josefine mit einem Blick auf die wenigen Autos fest.

Sie liefen zum Haus, wo ein Schild die Teilnehmer der Versammlung anwies, um das Gebäude herumzugehen. Etliche Hunde bellten anhaltend. Während sie dem Wegweiser folgten, vernahmen Britta und Josefine nun aber auch Stimmen, und zwar deutlich mehr als man, den vier geparkten Fahrzeugen nach zu urteilen, annehmen konnte. Den Grund dafür sahen sie, als sie um die Hausecke bogen und ein von der

Zwingeranlage abgetrenntes Stück Garten betraten. Hier waren etliche Fahrräder vor einem recht großen Festzelt geparkt. Als die beiden Frauen eintraten, sahen sie wenigstens zwanzig Menschen, die sich um mehrere Stehtische geschart hatten und sich angeregt unterhielten.

Vor der hinteren Zeltwand war ein Tisch auf einem Podest aufgebaut worden. Dahinter stand eine Frau, die einen Stapel Zettel sortierte. Als sie kurz aufschaute, entdeckte sie die Neuankömmlinge, nahm ein Mikrofon und sprach hinein: »Seid mal bitte ruhig. Ich sehe, wir haben neue Gäste.«

Alle Köpfe wandten sich Josefine und Britta zu.

Die Frau legte das Mikrofon hin, kam hinter dem Tisch vor und dann auf die beiden zu. »Moin, ich bin Maike Rolfs, die Vereinsvorsitzende. Ich freue mich sehr, ein paar neue Gesichter hier zu sehen. Herzlich willkommen bei den Fellrettern.« Sie schüttelte erst Josefine, dann Britta die Hand, die beide ebenfalls ihre Namen nannten.

»Suchen Sie sich doch bitte einen Platz. Für den Fall, dass Sie nicht stehen wollen …«, sagte die Vereinsvorsitzende dann und wies auf die rechte Seite des Zeltes, wo einige Stühle mit niedrigen Beistelltischen standen. »Dort haben wir auch ein paar Sitzgelegenheiten. Getränke gibt's dort auch. Bedienen Sie sich einfach.«

»Danke sehr«, sagte Josefine. »Darf ich fragen, was hier heute Abend besprochen wird?«

»Wir treffen uns einmal im Monat, um alle Mitglieder auf den neuesten Stand zu bringen, Vermittlungen voranzutreiben und natürlich auch, um gegebenenfalls neue Vereinsmitglieder begrüßen zu dürfen. Dummerweise haben Sie einen ungünstigen Zeitpunkt ausgewählt, um zu uns zu stoßen. Immerhin werden Sie feststellen, dass wir hier ein eingeschworener Kreis sind, und wenn Sie Interesse haben, dann können wir uns auch im Laufe der Woche noch einmal zu dritt treffen. Haben Sie schon Hunde?«

Britta und Josefine nickten.

»Allerdings bisher keine aus Rumänien oder so«, erklärte Britta. »Darum würden wir uns gerne mal informieren, wie denn da so die Erfahrungen sind, gerettete Hunde zu integrieren.«

»Sie können sich gerne mit den anderen austauschen. Einige unserer Mitglieder hatten bereits einen Hund und nahmen dann noch einen unserer Schützlinge auf.«

»Sie ja wohl gleich mehrere«, stellte Josefine fest, denn das Bellen der Hunde war trotz der sich unterhaltenden Menschen zu hören. »Gibt das keinen Ärger mit den Nachbarn?«

»Glücklicherweise habe ich keine direkten Nachbarn, wie Sie ja sicher bemerkt haben. Dennoch gibt es hin und wieder Beschwerden, ja. Aber meistens lässt diese Nachbarin sich mit ein paar Blumen oder einer anderen netten Geste wieder beruhigen. So, wir sollten anfangen. Irgendwann möchten die Leute ja auch wieder nach Hause. Vielleicht können wir uns später noch ein wenig unterhalten.«

»Sicher. Wir mischen uns unters Volk.«

Maike Rolfs ging zurück zu ihrem Rednertisch. Wieder nahm sie das Mikrofon. »Moin, liebe Fellretter«, begann sie und die Angesprochenen applaudierten. Nachdem sich der Beifall gelegt hatte, fuhr sie fort: »Ich begrüße euch herzlich zur heutigen Mitgliederversammlung. Schön, dass ihr so zahlreich erschienen seid. Leider muss ich das heutige Treffen mit zwei furchtbaren und traurigen Neuigkeiten eröffnen. Einige von euch haben sicher schon davon gehört. Unsere liebe Clarissa wurde Opfer eines Mordes ...«

Weiter kam sie nicht, denn das allgemeine Entsetzen wurde lautstark zum Ausdruck gebracht. Ringsherum riefen die Menschen Maike Fragen entgegen: »Wie ist das möglich? Aber warum? Wer hat das getan? Wieso Clarissa?« Allem Anschein nach hatte noch keiner der Anwesenden davon gehört. In der Zeitung war bisher nur ein kleiner Bericht erschienen, in dem aber kein Name genannt worden war. Und falls jemand, außer Maike Rolfs, bereits davon wusste, dann hatte er seine Mitstreiter nicht darüber informiert.

Die Vorsitzende versuchte, die aufgeregten Mitglieder zu beruhigen. »Ich kann euch zurzeit nicht mehr dazu sagen, denn ich weiß auch nichts. Zwar war die Polizei bei mir, doch die tappen anscheinend auch noch im Dunkeln. Bitte beruhigt euch wieder, denn leider ist Clarissa nicht die Einzige, die wir zu betrauern haben.«

Von jetzt auf gleich wurde es mucksmäuschenstill.

Maike Rolfs wandte sich nach rechts und schaute direkt jemanden an.

Von ihrer Position aus, an einem der hinteren Stehtische, konnten Britta und Josefine nicht genau erkennen, wen sie anschaute.

»Liebe Ines, mein aufrichtiges Beileid zu deinem unfassbaren Verlust. Ich kann es immer noch nicht glauben, dass Heiko so plötzlich von uns ging.«

Diesmal blieb es ruhig, nur hier und da hörte man jemanden aufschluchzen. Heikos Tod schien sich im Gegensatz zu Clarissas bereits unter den Vereinsmitgliedern herumgesprochen zu haben.

Maike fuhr fort: »Das Einzige, was uns in dieser schweren Zeit ein wenig Trost zu spenden vermag, ist das Wissen, dass diesen beiden herzensguten Menschen mit Sicherheit gewährt wurde, über die Regenbogenbrücke gehen zu dürfen, um mit all den Hundeseelen wiedervereint zu werden, die wir trotz unseres Einsatzes verloren haben. Ich möchte euch nun bitten, in Gedenken an unsere beiden Helden eine Minute lang zu schweigen. Sprecht gerne auch ein Gebet für sie.«

Während der Schweigeminute betrachteten Josefine und Jessica heimlich die Anwesenden, die nun mit gesenkten Köpfen ihrer verstorbenen Vereinskollegen gedachten. Allen Frauen rannen Tränen über die Wangen, die Lippen zweier Männer bewegten sich im lautlosen Gebet. Maike Rolfs stand hinter ihrem Tisch, den Kopf gesenkt, und ihre Schultern bebten vom Weinen.

»Schau mal, die Frau im schwarzen T-Shirt«, flüsterte Britta Josefine ins Ohr.

Josefine suchte mit den Augen nach der Genannten und entdeckte sie schräg gegenüber. Die dunkelhaarige Frau, die sich in den mittleren Dreißigern befand, vergoss keine Träne.

Sie starrte finster vor sich hin und es schien, als sei ihr das Ganze unangenehm.

»Die Witwe von Heiko?«, flüsterte Josefine zurück.

»Zumindest schaute Maike in ihre Richtung, als sie Ines ansprach. Ich glaube, ich hab sie schon mal bei Janssens im Hofladen getroffen, kann mich aber nicht mehr an den Namen erinnern. So richtig traurig wirkt die auf mich aber jetzt nicht.«

»Nun, du weißt sicher, dass jeder mit Trauer anders umgeht.«

Britta nickte. »Sicher. Da wir aber nach wie vor im Dunkeln tappen, denke ich, jede Beobachtung ist erst einmal wichtig.«

Die Gedenkminute war vorüber, denn Maike Rolfs hob den Kopf und nahm das Mikrofon wieder zur Hand. Offensichtlich hatte sie sich wieder gefasst, denn sie sprach mit fester Stimme: »Ich weiß, unter diesen Umständen werden wir heute Abend bestimmt nichts Konstruktives erarbeiten können. Ich hatte sogar darüber nachgedacht, unser Treffen zu verschieben. Doch ich denke, es tut uns allen gut, wenn wir hier noch ein wenig beisammensitzen und uns gegenseitig Trost spenden. Besonders für Ines ist das sehr wichtig. Bevor wir das jedoch tun, lasst mich schnell noch mitteilen, dass ich Ende des Monats wieder zu unserem Shelter nach Rumänien fahre. Vier Hunde sind für den Transport nach Deutschland bereit. Bitte sprecht euch ab, wer mich begleiten wird. Außerdem benötigen wir zwei Pflegestellen, da nur zwei der Hunde bereits vermittelt sind und ich zurzeit noch keinen Platz frei habe. Mehr möchte ich heute nicht mehr sagen, wenn das für euch in Ordnung ist.«

Maike legte das Mikrofon auf den Tisch und suchte dann ein paar Zettel zusammen.

Es gab noch ein wenig Beifall, als sie vom Podium herunterkam und auf Britta und Josefine zusteuerte. Dann gaben sich die Menschen ganz dem Austausch über die gerade erhaltenen Informationen hin.

»Ich halte Frau Rolfs hin, du mischst dich unters Volk und hältst die Ohren offen«, zischte Josefine Britta zu, die sofort reagierte und den Tisch verlassen hatte, bevor die Vereinsvorsitzende diesen erreicht hatte.

Zwar schaute Maike Britta kurz irritiert hinterher, doch dann wandte sie sich sofort lächelnd Josefine zu. »Ich habe Ihnen mal unseren Flyer und eine Broschüre über unseren Shelter in Rumänien mitgebracht. Wenn Sie mögen, können Sie sich ja ein wenig einlesen und wir sprechen dann in Ruhe noch einmal.«

»Vielen Dank, das ist eine gute Idee. Und mein Beileid zu Ihrem Verlust. Das ist ja wirklich schrecklich. Und diese Clarissa ist tatsächlich ermordet worden?«

Maike nickte heftig. »Ja, stellen Sie sich nur vor! Noch nie ist jemand, den ich kenne, umgebracht worden! Ich bin immer noch völlig erschüttert! Und Clarissa war ein so herzensguter Mensch. Ich kann mir nicht vorstellen, warum sie jemand umgebracht haben sollte.«

»Aber Heiko starb eines natürlichen Todes?«

»Heiko Schöller, ja. Plötzlicher Herztod. Trotzdem ist es grauenhaft. Der Mann war doch noch gar nicht alt! Es ist … ach …« Maike Rolfs brach ab, zerrte ein Taschentuch aus ihrer Hosentasche und trocknete rasch ihre Augen, die sich wieder mit Tränen gefüllt hatten.

»Ist er denn schon länger tot? Ich meine, wo seine Frau doch heute Abend hier ist?«

»Er starb vor einer Woche. Aber es ist Ines ein Trost, bei uns zu sein. Ihre Liebe zu den Hunden ist genauso groß wie die zu Heiko.«

Aus dem Augenwinkel sah Josefine, wie die Frau, die sie für Ines Schöller hielt, auf sie zukam. Sie nickte Josefine zu und lächelte, wobei das Lächeln ihre Augen nicht erreichte. »Kann ich dich einen Moment sprechen, Maike?«

Maike drehte sich um, dann umarmte sie die Frau fest.

Josefine konnte hören, wie sie ihr noch einmal ihr Mitgefühl versicherte.

»Unter vier Augen?«, erkundigte sich Maike und löste ihre Umarmung.

»Nein, nein. Ich wollte dir nur sagen, dass du auf mich zählen kannst. So schrecklich das auch alles ist – immerhin kann ich jetzt einen oder sogar zwei Hunde zu mir nehmen.«

Maike nickte. »Sie werden dich trösten und dir Halt geben. Willst du auf die Neuzugänge warten, oder suchst du dir aus dem Zwinger ein neues Familienmitglied aus? Oder natürlich auch zwei, wenn du magst. Wenn ich mich richtig erinnere, schlug dein Herz doch bei Jojo schon höher, als er hier eintraf.«

Ines nickte. »Sobald ich die angereiste Verwandtschaft wieder los bin, würde ich Jojo gerne zu mir nehmen. Und ich hatte noch an Fritzchen gedacht. Zu zweit fällt ihnen die Eingewöhnung bestimmt leichter.«

Maike nickte erfreut und schloss Ines noch einmal in die Arme. »So soll es sein.«

»Sei nicht böse, aber ich muss jetzt wieder nach Hause. Heikos Eltern haben mich ohnehin schon schräg angeschaut, weil ich nicht trauernd zu Hause geblieben bin und hierher wollte.«

»Natürlich. Melde dich einfach, wenn du so weit bist.«

Ines ging und Maike schaute ihr hinterher, bis die junge Witwe das Zelt verlassen hatte. Dann drehte sie sich wieder zu Josefine um. »So dicht liegen Freud und Leid beieinander«, philosophierte sie.

Josefine hob fragend die Augenbrauen.

»Ein Hund war seit Kindesbeinen Ines' Herzenswunsch. Doch sie konnte ihn sich nicht erfüllen, da Heiko hochgradig allergisch auf Hundehaare reagierte. Er glaubte auch nicht daran, dass es Hunde gibt, mit denen auch Allergiker zusammenleben können. So schloss sich Ines uns an, um wenigstens etwas für die leidenden Tiere tun zu können.«

»Also war Heiko Schöller gar kein Mitglied hier?«

»Doch, schon, aber nur ein zahlendes.« Maike grinste. »Die uns natürlich auch herzlich willkommen sind. Hin und wieder nahm er an unseren Versammlungen teil, engagierte sich aber sonst nicht. Immerhin hatte er Verständnis dafür, dass Ines einen großen Teil ihrer Freizeit für die Hunde opfert. Das ist auch nicht selbstverständlich.«

Die Ersten kamen an den Tisch, um sich von Maike zu verabschieden.

Auch Britta kehrte zurück. Sie und Josefine verständigten sich mittels Augenkontakt darauf, ebenfalls aufzubrechen.

»Wie schon gesagt – kommen Sie doch einfach noch mal vorbei und ich zeige Ihnen dann auch die Hunde. Vielleicht ist ja schon einer für Sie dabei. In der nächsten Woche bin ich noch hier. Meist auch den ganzen Tag.« Sie wies auf den Flyer, den Josefine jetzt in der Hand hielt. »Rufen Sie einfach kurz an und wir machen etwas aus.«

»Sehr gerne.« Josefine und Britta verabschiedeten sich und verließen das Zelt.

»Es war eine gute Idee, mich unters Volk zu mischen«, zischte Britta Josefine aufgeregt zu.

»Nicht jetzt. Hier sind noch zu viele Leute. Warte, bis wir im Auto sitzen.«

Sie drängelten sich an den Leuten, die ihre Fahrräder auseinander sortierten, vorbei und liefen schnurstracks zum Auto zurück.

Kaum hatten sie die Türen geschlossen, platzte Britta heraus: »Stell dir vor! Anscheinend waren Ines Schöller und Clarissa Kaufmann sich spinnefeind.«

»Bitte?«

»Ja, also zumindest, wenn man der vereinsinternen Gerüchteküche Glauben schenkt. Angeblich soll Clarissa immer wieder Andeutungen über Ines' Bruder gemacht haben.«

»Was hat denn jetzt der Bruder damit zu tun?«

»Keine Ahnung, aber wenn ich mich richtig erinnere, dann steht Heiko Schöller mit auf Jessicas Todesliste, womit die Verbindung zu den Traueranzeigen hergestellt wäre.«

»Herr im Himmel! Britta! Jessicas Todesliste! Wie sich das anhört.«

Beide Frauen lachten und Britta startete den Wagen.

»Bin gespannt, was Steffen und Werner dazu sagen werden.«

»Ich denke, das werden wir gleich erfahren, denn ich wette, die hängen beide bei mir rum.«

Kapitel 12

Josefine behielt recht. Auf ihrer Terrasse saßen Theda und Jessica gemeinsam mit Martha, Steffen und Werner. Die fünf schauten den beiden Frauen erwartungsvoll entgegen.

Doch bevor sie vom Abend bei den Fellrettern berichteten, wurde erst einmal Sir Toby ausgiebig begrüßt. Er gebärdete sich, als habe Josefine ihn mehrere Wochen lang alleingelassen.

»Und? Wie war euer Tag?«, erkundigte sie sich an die Kommissare gewandt, nachdem sie sich gesetzt und der Mops sich zu ihren Füßen niedergelegt hatte.

»Außer, dass wir jetzt ziemlich sicher sind, dass Hinrich Kuiper an Altersschwäche starb, nicht besonders aufregend«, antwortete Werner. Seinem Tonfall nach zu urteilen, stimmte ihn diese Tatsache ein wenig übellaunig. »Ich hoffe inständig, ihr konntet etwas mehr herausfinden.«

»Wenn man der Gerüchteküche trauen kann, dann schon«, antwortete Josefine und warf Britta einen auffordernden Blick zu.

Die nickte und fragte: »Einen Heiko Schöller hattet ihr doch auch auf der Liste der Todesanzeigen, richtig?«

Steffen und Jessica nickten synchron und Jessica sagte: »Da hatte ich als Angehörige Ines Schöller notiert.«

»Mit der solltet ihr euch vielleicht als Nächstes unterhalten. Bei den Fellrettern wurde heute des verstorbenen Gatten gedacht.«

»Ach! Der war auch bei dem Verein?« Werners schlechte Laune war von jetzt auf gleich verflogen. »Erzählt uns mehr!«

»Die Buschtrommeln verkünden, dass Ines Schöller und Clarissa Kaufmann nicht gerade Freundinnen waren«, fuhr Britta fort. »Sie scheinen sich sogar regelrecht gehasst zu haben.«

»Hast du auch den Grund dafür erfahren?« Steffen rührte ungeduldig in seinem Kaffeebecher.

»Nicht wirklich. Nur, dass es wohl dabei um Frau Schöllers Bruder ging. Was das aber genau war, konnte mir niemand sagen. Nur, dass Frau Kaufmann Andeutungen in der Art ›Ich komme schon noch dahinter‹ machte.«

»Verstehe ich das richtig, dass Frau Kaufmann etwas über Frau Schöllers Bruder zu wissen glaubte, von dem sie aber nicht genau wusste, was es war?«, fasste Werner zusammen.

Britta nickte. »Und wenn es etwas strafrechtlich Relevantes war, dann wäre das doch ein eins a Mordmotiv, oder?«

Werner nickte. »Und zwar sowohl für Frau Schöller als auch für ihren Bruder. Gesetzt den Fall, es handelt sich nicht tatsächlich nur um ein dummes Gerücht.«

»Na ja, wo Rauch ist, ist gemeinhin auch Feuer«, bemerkte Josefine. »Wobei Frau Schöller nach ihren Angaben das Haus voller Besuch hat. Sie wird sich also nicht mal eben wegschleichen können, um einen eventuellen Rachefeldzug auszuführen. Und ich nehme an, dass dieser Besuch – es handelt sich unter anderem um die Schwiegereltern – bereits bei ihr war, als Clarissa Kaufmann ermordet wurde. Von daher …«

»Wobei sie ja vielleicht auch mit ihrem Bruder gemeinsame Sache machte und sie sich gegenüber der Familie gedeckt haben«, wandte Steffen ein. »Wie auch immer – wir sollten morgen als Erstes Frau Schöller einen Besuch abstatten.«

»Auf jeden Fall«, stimmte Werner zu. »Immerhin ist das eine Spur, sofern die Gerüchte über einen gewissen Wahrheitsgehalt verfügen.«

Die ehemalige Rechtsmedizinerin nickte. »Da hast du recht. Dennoch sollten wir auch den Rest des Vereins im Auge behalten beziehungsweise etwas mehr über die Mitglieder herausfinden. Britta und ich haben eine Einladung von Maike Rolfs, die wir vielleicht gleich morgen wahrnehmen sollten.«

Werner runzelte kritisch die Stirn. »Ob das etwas bringt?«

»Und am Ende schwatzt die uns noch einen ihrer Schützlinge auf.« Selbst Britta schien nicht so richtig begeistert von der Idee.

»Theda braucht endlich wieder einen Hund«, entgegnete Josefine mit einem raschen Blick zu ihrer Freundin hin. »Wir nehmen sie einfach mit. Ist ohnehin ein gutes Argument dafür, warum wir so schnell einen Termin mit Frau Rolfs wollen.«

»Aber …«, wollte Theda protestieren.

»Die haben bestimmt auch kleine, handliche Hunde da«, unterbrach Josefine die Freundin.

»Und wenn er sich nicht mit Toby versteht?«

»Wir geben das doch nur vor. Sollte dir wirklich einer gefallen, finden wir vorher raus, ob er sich mit Toby versteht.«

Werner gab sich geschlagen und nickte. »So können wir das machen. Aber ich bitte euch inständig – seid vorsichtig. Solltet ihr nur den geringsten Verdacht haben, dass Frau Schöller nebst Bruder die falsche Fährte ist und womöglich Frau Rolfs in der Sache drinsteckt, verzieht euch und sagt uns Bescheid.«

Britta verdrehte die Augen. »Wir sind zu dritt, Werner, und bis dato weist nichts darauf hin, dass Maike Rolfs eine Mörderin sein könnte. Das sollte also relativ gefahrlos zu machen sein.«

»Ich sag's ja nur. Du und Josefine, ihr habt beide das Talent, euch in gefährliche Situationen zu manövrieren. Wenn wir euch zu zweit loslassen, dann könnte das auch doppelten Ärger nach sich ziehen.« Er wandte sich an Jessica: »Begleitest du uns morgen wieder?«

»Gerne. Ralf und ich hatten ohnehin geplant, erst nächste Woche meinen Krempel zu holen.«

»Herrje! Das hatte ich ja ganz vergessen!« Werner schaute Jessica entsetzt an. »Uns steht noch ein Umzug bevor!«

Jessica lachte auf. »Keine Sorge. Meine paar Plörren passen locker in zwei Autos und Ralfs kleinen Hänger. Dafür benötigen wir keine Hilfe. Ich hab doch bis jetzt noch bei meinen Eltern gewohnt. Möbel nehme ich gar keine mit.«

Werner atmete hörbar auf und alle lachten.

»Jonas, Tatjana und Tammo ziehen jetzt also in dein altes Haus?«, erkundigte sich Steffen bei Josefine.

»So ist es. Da die beiden ihr zweites Kind erwarten, ist es bestimmt schöner, in einem Haus mit Garten zu wohnen, als in ihrer Wohnung zu bleiben. Die würde ohnehin auf Dauer zu klein. Ich finde es wunderschön, dass ich erleben darf, dass sie sich über ihr Erbe freuen.« Sie lächelte Jessica zu. »Dass du dich über dieses Haus hier freust, werde ich dann aber wohl von Wolke sieben aus beobachten müssen.«

»Möge dieser Tag noch lange auf sich warten lassen«, entgegnete Jessica.

»Ich tue mein Bestes«, sagte Josefine. Sie schaute in die Runde. »Aber da Theda und ich ja nicht mehr ganz neu sind, würde ich vorschlagen, wir machen für heute Schluss und ruhen uns aus.«

Martha unterdrückte ein Gähnen und nickte. »Ich bin zwar noch ein paar Tage jünger, aber ich bin auch hundemüde. Die anderen Mütter haben alle mindestens zehn Jahre weniger auf dem Buckel als ich. Die haben dann doch noch mehr Energie.«

»Wo ist Mellie eigentlich?«, wollte Josefine wissen.

»Na, im Bett. Nach so einem Spielenachmittag geht sie freiwillig.«

»Macht Sarah wieder den Babysitter?«

Martha grinste und wies auf das Nachbarhaus. »Offenes Fenster. Ich hab ihr gesagt, dass wir hier sind und sie nur rufen muss, wenn irgendetwas ist. Sehr praktisch, wenn man gleich nebeneinander wohnt.«

»Und Mellie gefällt es auch«, fügte Werner hinzu. »Sie hat jedem, inklusive Sir Toby, eine gute Nacht zugebrüllt. Es war wie bei den Waltons.«

Lachend begleitete Josefine die Freunde zur Tür.

Jessica zog sich gleich auf ihr Zimmer zurück, Theda und Josefine machten es sich mit dem Strickzeug vor dem Fernseher gemütlich.

Doch es gelang Josefine nicht, sich auf Inspector Barnabys Ermittlungen zu konzentrieren. Irgendetwas war ihrem Unterbewusstsein aufgefallen, doch sie konnte es nicht greifen. Irgendetwas hatte sie bemerkt, als sie bei Maike Rolfs waren. Doch was? Nach einer Weile gab sie es auf, weiter nachzugrübeln. Wenn es wirklich wichtig war, dann würde es ihr schon noch einfallen.

Kapitel 13

»Wie gehen wir es an?«, erkundigte sich Jessica bei Werner, als sie sich am nächsten Morgen zu dritt auf den Weg zu Ines Schöller machten.

»Erst einmal ganz allgemein, würde ich vorschlagen«, antwortete Werner. »Wir behaupten, wir würden mit allen Mitgliedern des Vereins bezüglich Frau Kaufmanns Tod sprechen. Sollte sie sich in irgendeiner Weise verdächtig äußern, können wir sie immer noch festnageln.«

Steffen nickte. »So hatte ich mir das auch gedacht. Allerdings sollten wir versuchen, das Gespräch irgendwie auch auf den Bruder zu lenken und herauszufinden, ob der tatsächlich etwas zu verbergen hat, von dem Frau Kaufmann wusste oder es zumindest ahnte.«

Als sie wenig später vor Ines Schöllers Haustür standen, öffnete ihnen ein älterer Mann. Sein Alter ließ sich nur schwer schätzen, doch ausgehend von Josefines und Brittas Bericht, nahmen die Kommissare an, dass es sich um Heiko Schöllers Vater handelte.

»Herr Schöller?«, fragte Steffen darum.

Doch der Mann schüttelte den Kopf. »Frank Hartwig«, nannte er seinen Namen. »Welchen Herrn Schöller möchten Sie denn sprechen? Einer ist nämlich tot, müssen Sie wissen.«

Steffen zückte seinen Dienstausweis und hielt ihn dem Mann entgegen. »Köster mein Name, Kriminalpolizei Leer.« Er wies zuerst auf Jessica, dann auf Werner. »Meine Kollegen Brenner und Harms. Eigentlich möchten wir mit Frau Ines Schöller sprechen.«

»Kriminalpolizei?« Frank Hartwig schaute erst Steffen, dann Werner irritiert an. Jessica schien er nicht wirklich ernst zu nehmen.

»Wir ermitteln in einem Mordfall und müssen dazu alle Mitglieder des Vereins Fellretter befragen. Auch Frau Schöller steht auf der Mitgliedsliste.«

»Oh, ja, natürlich. Es geht um die Tote im Acker. Treten Sie doch bitte ein.«

Frank Hartwig führte die Kommissare ins Wohnzimmer und forderte sie auf, Platz zu nehmen. »Meine Tochter ist oben.« Er wies auf das Fenster, durch das man vier Menschen unter einem hölzernen Pavillon in der Mitte des Gartens sitzen sehen konnte. »Sie brauchte ein wenig Ruhe. Vielleicht haben Sie gehört, dass mein Schwiegersohn letzte Woche plötzlich verstarb?«

Steffen nickte. »Wir hörten davon. Unser herzliches Beileid.«

»Danke sehr. Wir sind zurzeit ein wenig im Zwiespalt, wissen Sie? Einerseits merken wir deutlich, dass Ines das volle Haus zu viel wird. Wir sind hier, ihr Bruder und natürlich Heikos Eltern. Andererseits möchten wir sie auch nicht alleine lassen. Eine schwierige Situation.«

»Und nun auch noch wir«, bemerkte Werner und setzte sich neben Steffen auf das Sofa. »Das tut uns sehr leid, aber dennoch müssten wir mit Ihrer Tochter sprechen.«

»Ja, natürlich. Entschuldigen Sie. Ich hole Ines sofort.« Er verließ das Wohnzimmer und sie hörten, wie er bereits unten an der Treppe nach Ines rief.

Ein paar Minuten später kehrte er in Begleitung seiner Tochter zurück. »Müssen Sie mir auch Fragen stellen?«, wollte er wissen.

»Nur, wenn Sie ebenfalls Mitglied bei den Fellrettern sind«, antwortete Werner.

»Nein, das bin ich nicht. Wir leben nicht mal hier in Ostfriesland, da werden wir uns hier keinem Verein anschließen. Na, dann gehe ich mal wieder in den Garten.« Er schaute Ines an. »Du schaffst das doch ohne mich.«

»Ja, natürlich, Papa. Ich bin ja schon groß.«

»Vielleicht darf ich Sie nach draußen begleiten?«, bat Jessica, die stehen geblieben war. »Zwei Kommissare sind für eine Zeugin wirklich mehr als genug.«

Frank Hartwig lächelte und nickte ihr auffordernd zu.

Jessica folgte ihm durch die offen stehende Verandatür in den Garten.

»Moin, Frau Schöller.« Steffen und Werner hatten sich wieder erhoben. »Zuerst möchten wir Ihnen unser Mitgefühl aussprechen«, sagte Werner.

Ines Schöller nickte. »Danke sehr. Setzen Sie sich doch wieder.« Sie selbst nahm ebenfalls Platz und rieb ihre Hände, als ob sie kalt wären, was allerdings bei den hochsommerlichen Temperaturen an ein Wunder gegrenzt hätte. »Wie kann ich Ihnen helfen?«

»Wir wissen nicht, inwieweit Sie informiert sind, aber wir müssten Ihnen ein paar Fragen zu Ihrer Vereinskameradin Clarissa Kaufmann stellen«, begann Steffen.

»Oh, ja, Clarissa. Furchtbar, was ihr zugestoßen ist. Natürlich habe ich davon gehört. Wir leben hier auf dem Dorf. Und in der Zeitung steht es heute auch.«

»Waren Sie und Frau Kaufmann befreundet?«, wollte Werner wissen.

»Befreundet? Nein, befreundet kann man das nicht nennen. Wir kannten uns von den Vereinstreffen, hatten sonst aber nichts miteinander zu tun.«

»Sie hatten also außerhalb der Vereinsaktivitäten keinen Kontakt«, hakte Werner nach.

Ines schüttelte den Kopf. »Nein. Sie war mir auch nicht besonders sympathisch, von daher sah ich keine Veranlassung, mich mit ihr anzufreunden.«

»Uns wurde mitgeteilt, dass Sie beide nicht nur nicht befreundet waren, sondern sich regelrecht hassten«, wagte Steffen einen Vorstoß.

Ines' Miene wirkte für einen Moment lang verunsichert, doch dann zauberte sie eine Art Grinsen in ihr Gesicht, das jedoch nicht sehr überzeugend wirkte. »Ah, Sie haben Leute aus dem Verein befragt, nehme ich an.«

Keiner der Kommissare bestätigte diese Vermutung. Sie warteten einfach ab, dass Ines weitersprechen würde. Für gewöhnlich war es eine gute Strategie, abzuwarten, dass sich Verdächtige von ganz allein um Kopf und Kragen redeten. Ohne Reaktion dazusitzen, beschleunigte diesen Prozess hin und wieder.

Auch Ines Schöller wirkte zunehmend nervöser, hatte sich aber noch unter Kontrolle. »Sind Sie Mitglied in irgendeinem Verein?«, fragte sie, rechnete aber wohl nicht mit einer Antwort, denn sie fuhr fort: »Dann wissen Sie doch, was für ein Schwachsinn dort getratscht wird! Ja, Clarissa und ich mochten uns nicht besonders und natürlich suchten die Leute nach einem Grund dafür. Aber man muss doch nicht jeden mögen, nur weil man sich zufällig für dieselbe Sache einsetzt!«

»Nun wurde aber angedeutet, dass es nicht nur um Abneigung ging, sondern auch, dass Frau Kaufmann sie in irgendeiner Form bedrohte. Oder gar erpresste?«

»Blödsinn!«, stieß Ines hervor, schaute Werner dabei aber nicht an.

Ein Mann, etwas älter als Ines, kam eiligen Schrittes vom Pavillon auf das Haus zugelaufen und betrat das Wohnzimmer. »Moin, mein Vater sagte, hier sei noch mehr Kriminalpolizei, außer der lächerlichen Praktikantin da draußen. Ich nehme an, das sind Sie.«

Werner nickte. »Und Sie sind?«

»Matthias Hartwig. Ich bin Ines' Bruder.« Er setzte sich auf die Armlehne des Sessels, in dem seine Schwester saß, und legte einen Arm um ihre Schultern. »Ich hoffe, Sie quälen meine Schwester nicht zu sehr. Wie Sie sicher inzwischen wissen, starb ihr Mann vor wenigen Tagen.«

»Alles gut, Matthias.« Die Umarmung des Bruders schien ihr aus irgendeinem Grund unangenehm zu sein. »Wir sind hier fertig. Ich denke, die Herren wollten gerade gehen.«

Matthias Hartwig erhob sich sofort wieder. »Na, dann begleite ich Sie doch gerne zur Tür. Wir müssen nur noch rasch ihre Kleine aus dem Garten holen.«

Steffen zuckte innerlich zusammen, wusste er doch aus langjähriger Erfahrung, dass ein solches Verhalten seinen Freund und Kollegen zur Höchstform auflaufen ließ. Werner ließ sich grundsätzlich nicht hinauskomplimentieren. Er ging, wenn er fertig war, nicht, weil Menschen ihm keine Antworten mehr geben wollten. Die herablassende Art, mit der der Mann über Jessica gesprochen hatte, war zusätzliches Öl ins auflodernde Feuer.

Schon lehnte Werner sich im Sessel zurück. »Nehmen Sie ruhig wieder Platz, Herr Hartwig. Ich lasse es Sie wissen, wenn wir fertig sind und gehen wollen«, sagte er betont freundlich.

Doch Steffen wusste, dass der Hauptkommissar kurz vor der Explosion stand. Wenn Werner eines hasste, dann war es, in einer Ermittlung festzustecken. Kamen dann auch noch zickige Zeugen hinzu, war er mit seiner Geduld schnell am Ende.

»Und was unsere Kollegin angeht – da bewegen Sie sich ziemlich dicht am Rande der Beamtenbeleidigung. Ich würde Ihnen diesbezüglich also zur Vorsicht raten.«

Für einen Moment wirkte Matthias Hartwig tatsächlich verunsichert. »Tut mir leid. War nicht so gemeint.«

»Wo waren Sie eigentlich in der Nacht von Freitag auf Samstag, Frau Schöller? So zwischen zweiundzwanzig und vierundzwanzig Uhr?«, fuhr Werner nun fort, ohne auf Hartwigs halbherzige Entschuldigung einzugehen.

»Ich?« Ines Schöllers Stimme klang schrill vor lauter Empörung. »Sie denken doch nicht …«

Hartwig legte seiner Schwester beruhigend die Hand auf den Arm.

Ines räusperte sich. »Ich war hier. Und zwar genau hier, in diesem Sessel. Und ich trauerte um meinen Mann.«

»Ich nehme an, Ihre Familie kann das bezeugen«, vermutete Werner.

»Selbstverständlich«, antwortete Matthias Hartwig. »Meine Eltern und die Schöllers waren zwar bereits in ihr Hotel gefahren, ich übernachtete jedoch bei Ines und kann daher bestätigen, dass sie die ganze Nacht zu Hause war.«

»Sie haben also die ganze Nacht gemeinsam hier gesessen und getrauert?«, hakte Steffen nach.

»So ist es.«

»Wo wir hier gerade so nett beieinandersitzen«, ergriff nun Steffen das Wort und schaute Matthias Hartwig an. »Wir konfrontierten Ihre Schwester gerade mit einem kursierenden Gerücht, wonach die ermordete Clarissa Kaufmann angeblich irgendetwas über Sie, Herr Hartwig, gewusst haben soll. Wir vermuten dahinter natürlich etwas, das lieber geheim bleiben sollte. Möchten Sie uns dazu etwas sagen?«

Matthias Hartwig lächelte überheblich. »Was sollte das wohl sein? Ich kannte die Frau ja nicht mal. Einmal habe ich sie getroffen und sie versuchte, mich anzubaggern. Da sie nicht mein Typ war, habe ich sie das auch sofort wissen lassen. Vermutlich habe ich damit ihre Eitelkeit gekränkt und sie versuchte darum, mich vor meiner Schwester in ein schlechtes Licht zu rücken. Den Rest haben sich diese Hundekuschler wohl selbst ausgedacht. Sie sehen also, keiner von uns hätte einen Grund gehabt, die Frau umzubringen.«

»Werner nickte und erhob sich. »Jetzt sind wir fertig.«

Steffen legte eine Visitenkarte auf den Sofatisch, während Werner auf die Veranda trat und Jessica rief. »Falls Ihnen noch etwas einfällt, das uns weiterhelfen könnte, melden Sie sich bitte.«

»Ja, natürlich«, entgegnete der Bruder. Seine Körperhaltung drückte aus, wie dringend er die Kommissare aus dem Haus haben wollte.

»Also, irgendetwas stimmt mit denen nicht«, sagte Werner, sobald die Haustür hinter ihnen ins Schloss gefallen war.

Steffen nickte. »Ich bin ziemlich sicher, dass Hartwig irgendetwas zu verbergen hat. Und seine Schwester weiß davon. Worum es sich auch immer handelt, es gefällt ihr überhaupt nicht. Hast du bemerkt, wie unangenehm es ihr war, als er den Arm um sie legte?«

»Allerdings. Am liebsten wäre sie aufgestanden, um von ihm wegzukommen.« Werner wandte sich an Jessica: »War dein kleiner Ausflug in den Garten in irgendeiner Weise hilfreich?«

»Nicht wirklich. Frau Hartwig und Frau Schöller schluchzten in einer Tour, Schöller senior ist total genervt und würde am liebsten umgehend nach Hause fahren und Hartwig senior scheint einige Defizite zu haben. Ich würde vermuten, da pirscht sich Alzheimer an. Hartwig junior scheint sich für ein Gottesgeschenk zu halten und überdies keine besonders hohe Meinung von Frauen zu haben. Beim Wort Kriminalpolizei wurde er sichtlich nervös, hörte sich kurz an, was ich zu sagen hatte, stufte euch dann wohl als gefährlicher ein und ging rasch ins Haus. Bei den älteren Leuten hatte ich allerdings nicht den Eindruck, dass die irgendwas verheimlichten. Wenn die Geschwister etwas mit dem Mord zu tun haben, dann haben die Eltern nichts davon bemerkt.«

»Was machen wir also?«, wollte Steffen wissen.

»Ich schlage vor, wir lassen Frau Schöller zur Dienststelle kommen und befragen sie noch einmal auf feindlichem Terrain. Vielleicht ist sie etwas zugänglicher, wenn sie ihre Familie nicht im Rücken hat.«

»Okay. Ich rufe Sonja an. Sie soll sie für morgen einbestellen.«

»Mach das. Außerdem sollten wir herausfinden, wer den Totenschein für Heiko Schöller ausgestellt hat. Ich möchte gerne sicher sein, dass auch Herr Schöller eines wenn auch frühen, so doch natürlichen Todes starb.«

»Also erst einmal zurück zur Dienststelle?«, erkundigte sich Jessica.

Werner nickte. »Frau Schöller wird ja wohl einen Notruf abgesetzt haben, als der Gatte leblos in der Gegend herumlag, und so finden wir heraus, welcher Arzt vor Ort war.«

Kapitel 14

Sobald Steffen und Werner Jessica abgeholt hatten, nahm Josefine den Flyer der Fellretter zur Hand und wählte Maike Rolfs' Nummer. Zwar erreichte sie zuerst nur den Anrufbeantworter und teilte diesem mit, dass sie an einem baldigen Treffen mit Maike interessiert sei, doch schon wenige Minuten später rief die Vereinsvorsitzende zurück und schlug vor, sich gleich am Vormittag zu treffen.

Josefine und Theda beschlossen, Thedas Elektromobil zu nehmen, um zu Britta zu fahren.

Brittas Bruder Nico schlug vor, Sir Toby bei ihm zu lassen, da der Hund bei dem heißen Wetter nicht im Auto bleiben konnte und Nico davon ausging, dass Josefine nicht mit ihm vor der Türe bleiben wollte, sollte es ein Problem sein, ihn mit in Maikes Haus zu nehmen. Zudem war der Mops sehr gerne auf Brittas Hof, hatte er sich doch schon vor geraumer Zeit mit deren Australian Shepherds Sky und Cloud angefreundet. Auch wenn die Hunde nicht mehr so wild durch den Garten tollten, denn alle drei waren inzwischen in die Jahre gekommen, so genossen sie es, gemeinsam im extra für sie eingezäunten Garten im Schatten zu liegen.

So fuhren die drei Frauen ohne Hund zu Maike Rolfs.

Die war im ersten Moment erstaunt, Josefine mit zwei Begleiterinnen zu sehen, doch sie ging sofort davon aus, dass der gestrige Abend Britta und Josefine so sehr zugesagt haben musste, dass sie gleich noch eine Freundin mitgebracht hatten.

»Treten Sie ein. Schön, dass Sie noch jemanden mitgebracht haben. Jede Hilfe zählt.«

Josefine stellte Theda und Maike einander vor, dann führte Maike sie wieder ins Wohnzimmer.

»Darf ich Ihnen etwas anbieten? Tee, Kaffee, Wasser?«

Die drei Frauen lehnten dankend ab.

»Vielleicht später«, sagte Josefine. »Wir melden uns dann.«

»Sind Sie denn alle drei an einem Hund oder einer Mitgliedschaft interessiert?«, fragte Maike, sobald alle vier saßen.

»Im Moment ist nur meine Freundin Theda wirklich an einem Hund interessiert«, antwortete Josefine. »Und bevor wir uns für eine Mitgliedschaft entscheiden, hätten wir gerne noch etwas mehr über die Vereinstätigkeit erfahren. Gestern Abend ging es ja eher um die Menschen als um die zu rettenden Hunde.«

Maike Rolfs nickte. »Da haben Sie recht. Aber Sie verstehen sicher auch, dass ich diese traurigen Ereignisse nicht einfach übergehen konnte.«

»Selbstverständlich. Ich nehme an, einige der Mitglieder sind auch privat befreundet?«

»Ähm … ja … das denke ich doch. Aber das tut ja nichts zur Sache.« Sie lachte gekünstelt. »Sie suchen doch einen Hund. Freunde haben Sie ja schon.« Maike stand auf. »Wissen Sie was? Ich zeige Ihnen jetzt einfach mal die Hunde, die ich zur Vermittlung hier habe. In Ordnung?« Schon wandte sie sich zur Terrassentür.

Josefine tauschte rasch einen Blick mit Theda und Britta aus. Das war eine recht seltsame Reaktion. Offensichtlich wollte Maike nicht über Privates sprechen.

»Kommen Sie?« Maike bedeutete ihren Gästen, ihr in den Garten zu folgen.

Wenig später gingen Josefine, Theda und Britta an der weitläufigen Zwingeranlage entlang und betrachteten die Hunde, von denen drei sich angesichts der Menschen in die hintersten Winkel zurückzogen, während zwei freudig wedelnd an den Gittern hochsprangen.

»Der ist ja entzückend!« Offensichtlich hatte Theda sofort den Kleineren der beiden ins Herz geschlossen, denn sie hockte sich vor den Zwinger und ließ den Hund an ihrer Hand schnuppern.

»Das ist Fritzchen. Er ist leider schon so gut wie vergeben. Aber Polly da hinten wird mit ein bisschen Mühe genauso aufleben wie Fritzchen. Vielleicht wäre die kleine Dame etwas für Sie?«

»Richtig, Frau Schöller will Fritzchen ja wohl bei sich aufnehmen«, nutzte Josefine die Gelegenheit, das Gespräch auf Ines Schöller zu lenken.

Für einen Moment wirkte Maike Rolfs irritiert, doch dann nickte sie. »Ach ja, wir sprachen gestern Abend in Ihrer Gegenwart darüber. Genau, voraussichtlich wird Ines Fritzchen und Jojo nehmen.« Sie wies auf einen der zurückhaltenden Hunde. »Die beiden sind normalerweise ein Herz und eine Seele. Im Moment ist Jojo nur etwas schüchtern, weil so viele Besucher hier stehen.«

»Vielleicht sollten wir dann wieder reingehen, wenn die Hunde nicht gut damit umgehen können«, schlug Theda vor. Ohnehin war es ihr hier draußen schon jetzt viel zu heiß. Die Hunde konnten sich in die überdachten, schattigen Teile der Anlage zurückziehen. Vor dem Zwinger stand man zurzeit allerdings in der prallen Sonne.

Maike nickte. »Ich möchte Ihnen gerne die Fotos der Hunde zeigen, die ich nächste Woche aus Rumänien abhole. Vielleicht gefällt Ihnen eins von diesen Tieren.«

Sie gingen zurück ins Haus und Theda bat um ein Glas Wasser.

»Wie wir bereits feststellten, scheint sie nicht gerne über Privates zu sprechen«, flüsterte Britta, als Maike den Raum verlassen hatte, um Wasser und Gläser zu holen. »Wie sollen wir etwas aus ihr herausbekommen?«

Bevor Josefine oder Theda antworten konnte, kam Maike zurück, verteilte für alle Gläser auf dem Tisch und schenkte Wasser aus einer Flasche ein. Dann klappte sie den Laptop auf, der auf dem Wohnzimmertisch stand, und rief die Webseite des Vereins auf.

Kurz darauf betrachtete Theda die Bilder der Hunde, die in der nächsten Woche nach Deutschland reisen würden. Nachdem sie alle angeschaut hatte, zuckte sie mit den Schultern. »Die sehen ja alle aus wie mopsgedackelte Spitzbernhardiner. Ich finde es merkwürdig, mir nach Fotos einen Hund auszusuchen. Ich weiß doch gar nichts über die Tiere. Es muss schon irgendwie der Funke überspringen, so wie bei Fritzchen. Den würde ich, ohne nachzudenken, sofort mitnehmen.«

Maike nickte. »Das kann ich sehr gut verstehen, Frau Borchers …«

»Theda. Nennen Sie mich doch bitte Theda. Jemand, der mir eventuell mein neues Familienmitglied vermittelt, sollte mich beim Vornamen nennen.«

Maike lächelte, dann reichte sie Theda die Hand. »Maike. Wir können uns auch gerne duzen.«

»Wäre mir sehr recht. Und ich denke, das gilt für meine Freundinnen ebenfalls.«

Britta machte zwar ein Gesicht, als wäre sie da völlig anderer Ansicht, dennoch schüttelte sie Maike die Hand und nannte ihren Vornamen. Sie erkannte Thedas Strategie, Vertrauen aufbauen zu wollen.

»Fein. Dann stoßen wir doch einfach mal an, auch wenn es nur mit Wasser ist, und ich erzähle euch etwas über unsere Arbeit.«

In der nächsten Stunde referierte Maike über die Wichtigkeit der Vereinsarbeit, beschrieb den vereinseigenen Shelter in Rumänien, wobei sie nicht zu erwähnen vergaß, dass diese Einrichtung enorme Geldsummen verschlang, und erklärte, wie die Adoption eines geretteten Hundes vonstattenging. Auf kritische Nachfragen reagierte sie wie ein geschulter Politiker mit ausschweifenden Antworten, die das Thema der gestellten Frage nicht einmal streiften und die Zuhörer ein wenig ratlos zurückließen.

Irgendwann gaben Josefine und Britta auf und ließen Maikes Geschwafel einfach nur noch über sich ergehen.

Umso mehr atmeten sie auf, als sie endlich das Haus verlassen konnten, jede mit einem Mitgliedschaftsantrag in der Hand, allerdings ohne Informationen zu eventuellen Zwistigkeiten zwischen Clarissa und anderen Vereinsmitgliedern erhalten zu haben, für die sie eigentlich gekommen waren.

Britta zerriss ihren Antrag bereits im Auto. »Sollte ich beim nächsten Hund das Bedürfnis verspüren, eine arme Kreatur zu retten, hole ich mir einen aus dem örtlichen Tierheim«, sagte sie.

»Das hätte ich auch getan«, brummte Theda und ließ den Wagen an. »Eigentlich war ich gar nicht sicher, ob ich überhaupt noch mal einen Hund will, bis mir Josefine diesen Floh ins Ohr setzte. Und jetzt will ich Fritzchen und keinen anderen.«

»Na, dann müssen wir mit Ines Schöller reden«, schlug Britta vor. »So, wie sie sich gestern ausdrückte, will sie nur Jojo auf jeden Fall aufnehmen. Über Fritzchen denkt sie noch nach.«

»Aber wir können doch nicht einfach zu einer wildfremden Frau fahren, um ihr einen Hund abzuschwatzen«, wandte Theda ein. »Noch dazu eine, die gerade ihren Mann verloren hat.«

»Das können wir tatsächlich nicht«, bemerkte Josefine. »Wir haben nämlich keine Adresse.«

»Na, die wird doch wohl im Telefonbuch stehen«, widersprach Britta.

»Heutzutage steht nicht mehr jeder im Telefonbuch.«

»Ich schaue trotzdem nach.« Britta zückte ihr Handy, gab den Namen Ines Schöller ins Online-Telefonbuch ein, schüttelte aber dann den Kopf. »Kein Eintrag. Also müssen wir Steffen, Werner oder Jessica die Adresse aus dem Kreuz leiern.«

Auf Brittas Hof angekommen, nahmen Josefine und Theda deren Einladung an, noch einen Kaffee zu trinken.

»Geht in den Hundegarten«, empfahl Nico. »Da ist noch Schatten. Ich bringe euch den Kaffee.«

Zur großen Überraschung der Frauen brachte er kurz darauf vier Gläser mit Eiscafé und setzte sich zu ihnen. »Und? Wart ihr erfolgreich?«

»Wie man's nimmt«, antwortete Britta mit leidendem Unterton. »Theda, die eigentlich gar keinen Hund wollte, hat sich nun in einen verliebt, den sie nicht haben kann. Dafür schaltete Maike Rolfs auf stur, sobald man in irgendeiner Form Privates ansprach. Immerhin sind wir jetzt mit ihr per Du.

Urteile selbst, ob irgendetwas davon als Erfolg zu verzeichnen ist.«

»Wohl eher nicht«, antwortete Nico mit einem Grinsen. »Und was habt ihr jetzt vor?«

»Abwarten, ob es Steffen, Jessica und Werner besser ergangen ist als uns.«

»Na, dann sollten wir vielleicht heute Abend gemeinsam essen, um die Ermittlungsergebnisse auszutauschen«, schlug Nico vor. »Um neunzehn Uhr hier? Es gibt Bauernsalat mit Schafskäse von Janssens und selbstgebackenes Brot.«

Britta grinste. »Werner wird weinen, wenn er erfährt, dass es nur Salat gibt.«

»Aber ich freu mich drauf«, verkündete Theda und Josefine nickte zustimmend.

Natürlich flossen keine Tränen, aber Werners Miene zeigte deutlich, was er von Salat zum Abendbrot hielt. »Nicht mal ’ne ordinäre Frikadelle dazu?«, fragte er gequält und wies nach oben auf den tiefblauen Himmel, über den nicht einmal eine Schäfchenwolke zog. »Wir hätten grillen können.« Der Vorwurf in seiner Stimme war nicht zu überhören.

Martha schaute ihren Mann mit strengem Blick an. »Wenn du die Hochzeit deiner jüngsten Tochter noch erleben willst, dann solltest du vielleicht hier und da mal etwas kürzertreten, was die Anzahl der Kalorien und den Fettanteil deiner Nahrung anbelangt.«

Werner warf einen Blick in Mellies Richtung, die mit Sarah vor Brittas Laden Ball spielte. Schon entspannte sich seine Miene und bald darauf klopfte er sich auf den Bauch und sagte: »Ich hoffe, du hast genug von dem Ziegenfutter gemacht, Nico.«

Wider Erwarten musste er kurz darauf eingestehen, dass ihm der Salat tatsächlich schmeckte. Und eine ausreichende Menge hatte Nico ebenfalls zubereitet.

»Wir stecken fest«, bekannte Steffen, als alle Teller geleert waren. Er schaute Britta an. »Habt ihr wenigstens irgendetwas Hilfreiches herausgefunden?«

»Nicht wirklich. Es war völlig unmöglich, Maike Rolfs irgendetwas zu entlocken, bei dem es sich nicht um Hunde drehte.«

»Was für ein bescheuerter Fall!«, schimpfte Werner vor sich hin.

»Also brachte der Besuch bei Ines Schöller auch nichts?«, hakte Josefine nach.

»Wir nehmen uns Frau Schöller morgen noch einmal auf dem Revier zur Brust. Im Kreise ihrer Familie, besonders in der Nähe ihres Bruders, war sie nicht zu knacken«, antwortete Steffen.

»Was sagt denn euer Bauchgefühl?«, wollte Britta wissen. Dabei schaute sie Jessica an, der sie aufgrund ihres Geschlechts noch ein wenig mehr Empathie unterstellte als den männlichen Kollegen.

Die zuckte jedoch mit den Schultern. »Wir haben die ganze Familie kennengelernt. Einmal vorausgesetzt, dass der Täter wirklich unter ihnen ist, würde ich davon ausgehen, dass ihre Eltern und Schwiegereltern davon nichts wissen. Und ich würde außerdem eher auf Matthias Hartwig als Mörder tippen.«

Werner nickte. »Dem stimme ich zu. Matthias Hartwig versuchte, uns umgehend wieder loszuwerden. Beinahe so, als müsse er seine Schwester erst noch instruieren, was sie uns sagen soll und was nicht. Und wenn man die kursierenden Gerüchte berücksichtigt, hatte er vielleicht auch ein Motiv.«

»Wirkte er denn auf euch wie jemand, der einer Frau kaltblütig den Schädel mit einer Axt spaltet?«, wollte Theda wissen.

»Nein«, antwortete Jessica sofort. »Der macht auf mich mehr den Eindruck eines Wirtschaftskriminellen oder so. Bestimmt ist er niemand, der sich selbst die Hände schmutzig macht.«

Steffen nickte nachdenklich. »Da könntest du recht haben. Allerdings wirkt auch Ines Schöller nicht wie eine kaltblütige Mörderin auf mich.«

»Nun ja, auch in Ostfriesland kann man Auftragsmörder verdingen«, wandte Werner ein.

»Vielleicht ermittelt ihr in eine ganz falsche Richtung? Mag sein, Frau Schöllers Bruder hat wirklich etwas auf dem Kerbholz – trotzdem muss es ja nicht gleich ein Mord sein. Womöglich sind die Gerüchte tatsächlich nur Gerüchte und es geht um etwas ganz anderes. Die aufgeschlagene Tageszeitung brachte euch doch auf den Gedanken. Was, wenn die nur grundlos da lag?« Theda schaute in die Runde.

»By the way – habt ihr schon herausgefunden, ob Heiko Schöller tatsächlich eines natürlichen Todes starb?«, warf Britta ein.

Werner nickte. »Der hatte einen unentdeckten Herzfehler. Einfach nur dumm gelaufen.«

»Hast du nicht auch zufällig noch eine Idee für ein Motiv, Theda?«, griff Jessica diesen Gesprächsfaden wieder auf.

Theda zuckte mit den Schultern. »Erbstreitigkeiten kann man mangels Familie ja wohl ausschließen. Vielleicht Ärger wegen ihres Hauses? Keine Ahnung.«

»Sonja hat Frau Kaufmanns Umfeld so weit wie möglich abgecheckt. Da war einfach nichts, was einen Mord zur Folge haben könnte. Da sie selbst dauerhaft keinen Hund hielt, könnte nicht einmal mehr ein genervter Nachbar infrage kommen. Es ist zum Mäusemelken.«

»Jemand wollte schlicht und ergreifend den perfekten Mord verüben«, schlug Nico vor. »Kein Motiv, keine Verbindung zum Opfer, ein dunkler Feldweg und ein Beil.«

»Dann sind wir im Arsch. So einen würden wir tatsächlich nicht finden«, seufzte Werner.

»Du wirst doch wohl nicht jetzt schon aufgeben«, versuchte Josefine, den Freund zu motivieren. »Es sind gerade mal vier Tage und den Samstag kann man ja eigentlich gar nicht zählen.«

»Was sollen wir denn machen? Sämtliche Hollandfahrräder des Landkreises auf abgebrochene Speichen überprüfen? Mal abgesehen davon, dass so eine Aktion Jahre dauern würde, fänden wir vermutlich auch etliche Räder mit fehlenden Speichen, die nicht in der Nähe des Tatortes waren.«

»Was ist eigentlich mit dem Handy des Opfers?«, fragte Sarah plötzlich. »Wäre ihre Kontaktliste nicht hilfreich? Oder habt ihr mal nachgeschaut, ob Frau Kaufmann social-media-mäßig unterwegs war?«

»Die sozialen Medien hat Sonja überprüft, aber leider nichts gefunden. Wenn Frau Kaufmann dort aktiv war, dann nicht unter ihrem bürgerlichen Namen. Aber auch ihr sichergestellter Computer gab nichts her. Weder verfängliche E-Mails noch einen Hinweis auf Aktivitäten bei Facebook und Co. Das Handy wurde nach wie vor nicht gefunden, obwohl die Kriminaltechniker das Haus und den gesamten Feldweg abgesucht haben. Vermutlich hat der Mörder es an sich genommen und den Akku rausgenommen, denn wir konnten es bisher auch nicht orten.« Steffen nickte seiner Adoptivtochter zu. »Aber grundsätzlich ein sehr guter Gedanke. Du wirst bestimmt später eine hervorragende Kommissarin.«

Sarah strahlte und Britta schenkte ihr ein stolzes Lächeln.

Es wurde bereits dunkel, als die Freunde sich voneinander verabschiedeten.

Josefine nahm Britta beiseite und sagte leise: »Ich würde trotzdem gerne morgen mal bei Ines Schöller vorbeigehen. Theda hat diesen kleinen Hund sofort in ihr Herz geschlossen und ich würde wirklich gerne dafür sorgen, dass sie ihn auch bekommt. Sie wird aber verhindern wollen, dass ich das tue.«

Britta nickte. »Ich rufe dich morgen früh an und behaupte, dich dringend hier zu brauchen. Du bittest Theda, auf Sir Toby aufzupassen, und dann fahren wir zu Frau Schöller.«

Josefine lächelte zufrieden. Sie und Britta tickten sehr ähnlich.

»Auf den Beschluss hin mailte Frau Rolfs Sonja die Mitgliederliste des Vereins und wir werden morgen früh darum noch ein paar der Mitglieder abklappern, Jessica. Es ist nur ein Fischen im Trüben, aber vielleicht hilft uns ja der Zufall auf die Sprünge. Begleitest du uns wieder?«

»Sehr gerne.«

»Gut. Dann sehen wir uns morgen früh.«

Kapitel 15

Der am Vorabend gefasste Plan funktionierte. Sobald Werner und Jessica Steffen abgeholt hatten, rief Britta Josefine an. Ines Schöllers Adresse hatte Josefine von Jessica erfahren. Ihr hatte sie von dem Plan erzählt, die Enkelin jedoch gebeten, es Steffen und Werner gegenüber nur zu erwähnen, sollte einer der Kommissare explizit danach fragen, was vermutlich nicht geschehen würde.

Theda, die ohnehin beschlossen hatte, den Vormittag mit Schreiben zu verbringen – jedes Mal, wenn sie mit Josefine zusammen war, wurde es am Ende mit dem Abgabetermin für das neue Krimimanuskript äußerst eng – erklärte sich nur zu gerne bereit, Sir Toby Gesellschaft zu leisten, auch wenn sie sich einen Moment lang wunderte, warum Josefine ihn nicht mit zu Britta und ihren Hunden nehmen wollte. Dann aber hatte sie den Verdacht, dass die Freundin den Mops bei ihr lassen wollte, um ihr wieder einmal zu demonstrieren, wie schön es war, einen Hund um sich zu haben. Immerhin würde Sir Toby sie keinesfalls mit Fragen oder Mordtheorien vom Schreiben abhalten und sie sich nicht alleine fühlen.

Um nicht noch zusätzlich Verdacht zu erregen, nahm Josefine ihren umgebauten Leichenwagen. Theda wusste, dass Britta dieses Fahrzeug mochte und sich keine Gelegenheit entgehen ließ, eine Runde damit zu drehen. So vermutete sie auch heute, dass Josefine Britta damit eine Freude machen wollte.

»Das hat ja super geklappt!«, rief Britta erfreut, als Josefine auf ihrem Hof aus dem Auto stieg, und warf einen sehnsüchtigen Blick auf den schwarzen Mercedes.

»Wir sollten trotzdem lieber deinen Wagen nehmen«, sagte Josefine, die den Blick bemerkt hatte. »Sonst bekommt Frau Schöller auch noch einen Herzinfarkt, falls sie uns kommen sieht.«

»Du hast natürlich recht«, stimmte Britta zu.

»Hast du vergessen, dass wir jetzt fast Nachbarn sind? Du wirst häufig Gelegenheit haben, den Wagen zu fahren, wenn du möchtest.«

Britta grinste. »Das hatte ich tatsächlich für einen Moment vergessen.«

»Komm, lass uns fahren und hoffen, dass wir Frau Schöller auch antreffen. Schließlich haben wir unseren Besuch nicht angekündigt.«

Britta nickte und schaute auf ihre Armbanduhr. »Aus diesem Grund würde ich vorschlagen, dass wir erst noch einen Kaffee trinken. Es ist gerade mal halb neun. Wenn wir schon ungebeten da aufkreuzen, dann sollten wir das nicht unbedingt zu so früher Stunde tun. Ich vermute ja mal, dass Frau Schöller noch nicht wieder arbeiten geht.«

Auch wenn ihr das gar nicht zusagte, musste Josefine der Freundin zustimmen. Schließlich wollten sie etwas von Ines Schöller, da sollte man sie nicht durch zu frühes Erscheinen verärgern. »In Ordnung. Trinken wir noch einen Kaffee. Dabei können wir uns noch einmal sämtliche Theorien bezüglich des Mordmotivs durch den Kopf gehen lassen.«

Die Frauen gingen ins Haus und in die Küche. Zwar war es auch um diese Uhrzeit bereits warm genug, dass man hätte draußen sitzen können, doch Britta musste den Kaffee erst noch aufsetzen und Josefine wollte ihr Gesellschaft leisten.

»Sarah hat unbedingt recht mit dem Handy. Wenn es doch nur gefunden würde«, sagte Britta, während sie Kaffeepulver in die Filtertüte füllte.

»Wie Werner schon vermutete – der Mörder wird es mitgenommen haben. Also wird es bestenfalls gefunden werden, wenn sie auch den Täter gefasst haben.«

»Was aber Nicos Theorie vom ›zum Spaß‹ verübten perfekten Verbrechen ausschließt.«

»Zumindest was eine Verbindung von Opfer und Täter anbelangt.«

Britta nickte, stellte Kaffeebecher auf den Tisch und setzte sich, während die Kaffeemaschine vor sich hin gluckerte. »Was ist, wenn es hier um ein Beziehungsdrama geht? Steffen hatte doch erwähnt, dass Hartwig behauptete, Clarissa habe ihn angebaggert.«

Josefine hob fragend die Augenbrauen. »Na, wenn ich jeden hätte umbringen wollen, der mich angebaggert hat, wäre ich Massenmörderin. Worauf willst du hinaus?«

»Was ist, wenn Maike Rolfs auch auf Hartwig steht?«

»Und bringt die Nebenbuhlerin gleich um?«

»Das hatte sie ja womöglich gar nicht vor. Vielleicht wollte sie mit Clarissa während eines Spaziergangs darüber reden, das Gespräch eskalierte, Maike drehte durch und brachte Clarissa um.«

»Und hatte praktischerweise ein Beil zur Hand?«

»Oh … stimmt … eher unwahrscheinlich. Ach, verdammt!«

»Nicht nur das. Deine Theorie hinkt an allen Ecken und Enden. Nur, weil du Maike nicht leiden kannst, musst du jetzt nicht versuchen, sie zur Mörderin zu machen. Aber irgendetwas ist mir aufgefallen, als wir bei ihr waren. An dem Abend der Versammlung. Ich komme nur ums Verrecken nicht drauf, was das war!«

»Ein blutverschmiertes Beil?«, schlug Britta grinsend vor.

Josefine lachte auf. »Wenn es doch so einfach wäre.«

Britta stand auf, holte die Kaffeekanne und schenkte ein. »Irgendjemand muss auf jeden Fall ziemlich wütend auf Clarissa gewesen sein. Ich meine, jemandem mit einem Beil den Schädel zu spalten ist nicht gerade sehr subtil.«

»Genau. Und was macht einen Menschen so wütend, dass er zu einem solchen Mittel greift?«

»Neid, Rache, Eifersucht«, antwortete Britta wie aus der Pistole geschossen. »Im Grunde sind das doch die Motive für fast alle Morde.« Sie zwinkerte Josefine zu. »Womit wir wieder bei meiner Theorie wären.«

Josefine lachte und sagte dann: »Vertuschung einer Straftat käme noch hinzu, aber ich würde auch auf ein eher emotionaleres Motiv tippen. Und wer weiß, womöglich liegst du doch nicht so falsch, auch wenn mir das im Moment noch schwer nachvollziehbar erscheint.«

Britta schaute Josefine nachdenklich an. »Ich finde es nach wie vor merkwürdig, dass Clarissa keinen eigenen Hund hatte. Noch seltsamer kommt es mir vor, dass sie in letzter Zeit auch keine Hunde zur Pflege mehr bei sich hatte.«

»Willst du auf irgendetwas hinaus?«

Britta nickte. »Heiko Schöller.«

Josefine dachte für einen Moment darüber nach, dann ging auch ihr ein Licht auf. »Du meinst, wegen Heiko Schöllers Hundehaarallergie?«

»Exakt. Könnte es nicht sein, dass Clarissa und Schöller ein Verhältnis hatten und Ines Schöller kam dahinter? Sie lauerte der Rivalin auf, verfolgte sie in den Feldweg und hatte in dieser Version das Beil dabei.«

Josefine nickte nachdenklich. »Dann wäre nicht nur das Geheimnis um den Bruder ein Motiv, sondern zusätzlich auch noch eine Affäre. Wow! Du bist gut.«

»Danke, nur leider helfen Vermutungen niemandem weiter. Wir müssen da schon etwas mehr herausfinden. Vielleicht haben wir ja Glück und wir können Frau Schöller irgendwie eine Falle stellen, sodass sie sich verquatscht.«

»Wir sollten es auf jeden Fall versuchen. Trinken wir unseren Kaffee und dann fahren wir zu ihr.«

Zwanzig Minuten später klingelten sie an Ines Schöllers Haustür. Eine ältere Frau öffnete ihnen. Kurz betrachtete sie die Frauen, dann fragte sie: »Sie sind nicht von der Polizei, nehme ich an?«

Josefine tat irritiert. »Nein, sind wir nicht.«

Geistesgegenwärtig fügte Britta hinzu: »Wir sind Mitglieder der Fellretter und würden gerne mit Ines sprechen.«

»Ach, da haben Sie meine Tochter knapp verpasst«, antwortete Ines' Mutter. »Sie wollte kurz zu dieser Maike, von der sie Hunde übernehmen will. Die kennen Sie ja bestimmt.«

»Ja, natürlich, vielen Dank. Dann fahren wir zu Maike und treffen Ines dort. Einen schönen Tag noch.«

Josefine und Britta gingen zum Auto zurück.

»Ist das nun gut oder schlecht?«, fragte Britta.

Josefine machte eine vage Handbewegung. »Eigentlich hätte ich lieber mit Ines alleine gesprochen. Schon wegen des Hundes. Maike scheint sehr daran interessiert zu sein, dass Ines beide nimmt. Mit Sicherheit werden wir nichts aus den beiden herausbekommen, wenn sie zusammen sind. Wollen wir es trotzdem versuchen oder lieber bis morgen warten?«

»Lass uns hinfahren. Wenn Maike sieht, wie sehr wir uns für unsere Freundin Theda einsetzen, lässt sie sich ja vielleicht erweichen und Ines ebenso. Dann hätten wir schon mal den Hund. Außerdem würde ich gerne sehen, wie sie reagiert, wenn wir da aufkreuzen.«

»Einen Versuch ist es allemal wert.«

Erstaunt schaute Maike Rolfs Josefine und Britta an. »Ach, das ist ja eine Überraschung«, sagte sie. Dem Tonfall nach zu urteilen, bedeutete das allerdings: Na toll, das passt mir jetzt aber gar nicht. Sie wirkte ein wenig nervös auf Josefine und schien zu überlegen, wie sie nun reagieren sollte.

»Wir hörten, Frau Schöller sei bei dir«, übernahm Josefine kurzerhand die Regie, was allerdings zur Folge hatte, dass sich die Miene ihres Gegenübers verfinsterte.

»Ja, und?« Maikes Stimme klang nun ärgerlich.

»Unsere Freundin Theda hat gestern wirklich ihr Herz an Fritzchen verloren«, fuhr Britta fort. »Und da Frau Schöller den Hund ja noch nicht bei sich aufgenommen hat, dachten wir, wir reden einfach mal mit ihr und fragen, ob sie nicht bereit wäre, ihn Theda zu überlassen.«

»Also … das ist jetzt wirklich ein ungünstiger Zeitpunkt«, versuchte Maike, die ungebetenen Besucherinnen abzuwimmeln. »Ines trauert um ihren Mann. Ich denke nicht, dass man sie jetzt mit solchen Kleinigkeiten belästigen sollte.«

Kurz überlegte Britta, ob sie erwähnen sollte, dass Ines Schöller auf der Versammlung nicht gerade den Eindruck einer trauernden Witwe vermittelt hatte, beschloss dann aber, dass eine solche Bemerkung sicher nicht förderlich sein würde. Darum sagte sie nur: »Das ist uns durchaus bewusst. Nur befürchten wir, dass sich nichts mehr machen lässt, wenn Frau Schöller den Hund erst mitgenommen hat.«

»Gibt's Probleme?« Ines Schöller erschien neben der Hausherrin im Türrahmen.

»Ach, moin Frau Schöller«, sagte Josefine rasch. »Wir hätten Sie gerne kurz gesprochen.«

»Aha. Worum geht es?« Ihr Blick wanderte unsicher, beinahe schon besorgt, zu Britta.

»Maike!«, rief nun jemand von der Straße her. »Gut, dass ich dich sehe! Wir müssten dringend mal …«

»Kommt schon rein«, sagte Maike unvermittelt und zerrte Josefine beinahe ins Haus.

Britta folgte schnell und Maike knallte die Tür zu.

»Eine Nachbarin, die sich über Hundegebell beschweren will?«, vermutete Josefine.

Maike nickte. »Kommt ins Wohnzimmer.« Mit schnellen Schritten ging sie voran. Josefine und Britta folgten; das Schlusslicht machte Ines Schöller.

Sobald die vier Frauen Platz genommen hatten, schaute Ines fragend von einer zur anderen. »Was ist denn los?«

»Die beiden wollen dich fragen, ob du darüber nachdenken würdest, zugunsten ihrer Freundin auf Fritzchen zu verzichten. Sie waren gestern schon einmal hier und Theda hat sich sofort in den Kleinen verliebt«, klärte Maike Ines auf.

Ines zuckte mit den Schultern, dann schaute sie Maike an. Nach wie vor machte sie einen nervösen Eindruck. »Keine Ahnung. Ich meine, mein Herz schlägt für Jojo und ich habe nur darüber nachgedacht, Fritzchen ebenfalls zu nehmen, weil es zu zweit für sie womöglich leichter ist, sich bei mir einzugewöhnen.« Nun richtete sie ihren Blick auf Josefine. »Aber wenn Ihre Freundin sich in Fritzchen verliebt hat, dann würde ich zurücktreten. Kein Problem. Es findet sich bestimmt ein anderer Kumpel für Jojo.«

»Na, das haben wir dann doch schnell geklärt«, sagte Maike und wollte sich schon wieder erheben, vermutlich, um Britta und Josefine hinauszukomplimentieren.

»Mein Beileid zu Ihrem Verlust«, kondolierte Josefine Ines unvermittelt. »Es tut mir leid. Das hätte ich sofort tun sollen. »

»Dem schließe ich mich an«, sagte Britta rasch. »Mein Mitgefühl.«

Ines bedankte sich.

»Waren Sie und Ihr Mann mit Frau Kaufmann befreundet?«, hängte Britta schnell hintenan.

»Ich … ähm … also … nein.« Rasch wechselte Ines einen Blick mit Maike.

Josefine beschloss spontan, aufs Ganze zu gehen. Schlimmstenfalls würden sie und Britta gleich aus dem Haus fliegen und Theda Fritzchen niemals wiedersehen. Aber das würde sie riskieren. Die Frauen waren beide in höchstem Maße angespannt und schienen ganz offensichtlich ein Geheimnis zu teilen. Auch auf die Gefahr hin, dass dieses Geheimnis nichts mit dem Mord an Clarissa Kaufmann zu tun hatte, sagte sie: »Meine Freundin fragt nur, weil uns am Versammlungsabend seltsame Gerüchte zu Ohren kamen. Verstehen Sie mich nicht falsch – selbstverständlich geht uns das nichts an. Wir wüssten nur gerne, womit wir es zu tun haben, sollten wir uns für eine Mitgliedschaft bei den Fellrettern entscheiden. Sie verstehen – ein ermordetes Vereinsmitglied, sehr seltsame Gerüchte, die wohl mit Ihrem Bruder zu tun haben, Frau Schöller – da macht man sich natürlich Gedanken. Könnten Sie uns etwas genauer informieren, ob wir Grund zur Sorge haben?«

Ines' Hände fingen leicht an zu zittern. Sie bemerkte es und legte die Hände schnell in den Schoß. »Ich … also … ich habe nicht die leiseste Ahnung, was Sie da gehört haben wollen … Mein Bruder ist nicht einmal Mitglied des Vereins.«

Maike stand rasch auf. »Wisst ihr was? Ich mache uns jetzt erst mal einen Tee und dann unterhalten wir uns in Ruhe, um eure Bedenken auszuräumen. Hilfst du mir, Ines?«

»Ja … ja, natürlich.« Ines sprang beinahe vom Sessel hoch und folgte Maike rasch in die Küche.

»Na, jetzt bin ich aber mal gespannt, was die beiden uns gleich auftischen werden«, flüsterte Britta Josefine zu, nicht ahnend, was sie in ein paar Minuten tatsächlich aufgetischt bekommen würden.

Sie hörten, dass Ines und Maike in der Küche aufgeregt miteinander tuschelten. Doch es war viel zu leise, als dass sie verstehen konnten, worum es ging. Britta wagte auch nicht, sich heranzuschleichen, um die beiden zu belauschen. Viel zu groß war die Gefahr, entdeckt zu werden. Eine gute Entscheidung, wie sich herausstellte, denn die Stimmen wurden noch einmal kurz lauter, dann kam Ines Schöller zurück ins Wohnzimmer.

»Ich hoffe, es ist in Ordnung, dass ich den Tee in Bechern bringe.« Maike folgte kurz darauf und stellte je einen Becher vor Josefine und Britta ab. »Kluntjes sind schon drin. Und falls ihr Sahne mögt, bitte schön.« Sie schob Josefine das Sahnekännchen zu. Dann ging sie noch einmal in die Küche, um auch für Ines und sich selbst Tee zu holen.

Obwohl sowohl Britta als auch Josefine gebürtige Düsseldorferinnen waren, fanden sie es seltsam, Tee in einem Becher serviert zu bekommen und nicht, wie in Ostfriesland üblich, aus einer Teekanne und in einer der filigranen Teetassen. Leider fand keine der beiden es seltsam genug, um stutzig zu werden, schon weil Josefine einfiel, dass ja auch Maike Rolfs eine Zugereiste war. Sie machte eine entsprechende Bemerkung, bedankte sich, gab Sahne hinein und trank den ersten Schluck.

Auch Britta führte die Tasse zum Mund. »Ui, der ist recht stark«, bemerkte sie.

»Ich hoffe, nicht zu stark«, sagte Maike.

»Kein Problem. Ich nehme einfach noch etwas Sahne.«

Maike Rolfs lächelte. Dann begann sie noch einmal damit, über die Wichtigkeit der Vereinsarbeit zu berichten. Sie gab zu, dass es natürlich hin und wieder Meinungsverschiedenheiten zwischen den Mitgliedern gäbe, die Gerüchte, die Britta und Josefine gehört hatten, aber nichts weiter seien als eben Gerüchte.

Ines Schöller saß blass und angespannt in ihrem Sessel und starrte blicklos vor sich hin.

Dass etwas nicht stimmte, bemerkte Josefine erst, als sie ihren Becher bereits zu drei Vierteln geleert hatte. Maikes Stimme hörte sich mit einem Mal an wie ein monotoner Singsang, der sich immer weiter entfernte. Josefine konnte den Inhalt ihrer Worte nicht mehr erfassen. Sie spürte, wie ihre Augenlider schwer wurden, und dann, wie jemand den Becher aus ihrer Hand nahm. »Was ist denn nur los?«, stieß sie hervor und versuchte aufzustehen. »Britta?«

»Lass es gut sein, Josefine. Deine Freundin ist schon im Land der Träume. Und du folgst ihr jede Minute dorthin.«

Josefine sank auf dem Sofa zusammen. Von fern hörte sie, wie Ines aufgeregt fragte: »Maike! Was hast du getan? Sie ist die Frau eines Polizisten! Wenn ...«

»Frag nicht«, fiel Maike ihr barsch ins Wort. »Nimm ihren Autoschlüssel und fahr den Wagen in die Scheune.«

Kapitel 16

Während Josefine und Britta sich wieder einmal erfolgreich in Gefahr gebracht hatten, waren Werner, Steffen und Jessica in der Tierarztpraxis Dreesen eingetroffen. Es war Jessicas Idee gewesen, den Tierarzt zu befragen, der die nach Deutschland geholten Hunde des Vereins untersuchte. Es war nicht schwer gewesen, herauszufinden, um welche Praxis es sich dabei handelte, da diese auf der Fellretter-Webseite angegeben war.

Doktor Okka Dreesen war eine äußerst sympathische Endvierzigerin, die sich sogleich bereiterklärte, mit den Kommissaren zu sprechen. »Am besten rufe ich Rika mit dazu. Sie ist meine Tiermedizinische Fachangestellte und hat selbst einen Hund von den Fellrettern.«

»Heißen Sie das gut?«, wollte Jessica wissen.

»Was? Hunde aus Rumänien retten?«

Jessica nickte.

Okka Dreesen zuckte mit den Schultern. »Gerettet ist gerettet, oder? Natürlich bin ich auch der Ansicht, dass es genug hilfsbedürftige Tiere in unseren Tierheimen gibt, aber die stellen sich manchmal auch ziemlich bescheuert an und fordern Voraussetzungen, die nur ein mehrfacher Millionär ohne Hobbys erfüllen kann.« Sie wies auf eine offen stehende Tür. »Gehen Sie doch schon mal ins Büro. Ich hole eben Rika.«

Die Kommissare folgten Doktor Dreesens Aufforderung, blieben allerdings in dem recht kleinen Büro stehen, da es dort nur zwei Stühle gab.

Kurz darauf kam die Tierärztin in Begleitung einer jungen Frau zurück, die sie als Rika Groenewoldt vorstellte. »Tut mir leid, dass ich Ihnen keinen Sitzplatz anbieten kann«, entschuldigte sie sich dann. »Aber wir sind hier räumlich ein wenig beengt, da wir den Platz für Behandlungsräume benötigen.«

»Kein Problem«, entgegnete Steffen. »Wir haben auch nur ein paar Fragen an Sie. Vielleicht ist auch Ihnen zu Ohren gekommen, dass ein Mitglied des Fellretter-Vereins am Wochenende ums Leben gekommen ist?«

Rika nickte. »Clarissa Kaufmann. Ich war gestern Abend auf der Versammlung. Da erfuhr ich es.«

»Und natürlich erzählte Rika mir davon, da ich Frau Kaufmann persönlich kannte«, ergriff Doktor Dreesen das Wort. »Sie war häufiger mit der Vereinsvorsitzenden Maike Rolfs hier. Und in der Zeitung stand es natürlich auch. Es ist also wahr, dass Frau Kaufmann ermordet wurde?«

»So ist es«, antwortete Werner. »Und immer noch ist das Motiv unklar. Soweit man uns berichtete, war Frau Kaufmann allgemein beliebt.«

»Und nun suchen Sie nach Leichen im Kaufmann'schen Keller«, witzelte Okka Dreesen. Sie grinste verschmitzt. »Tut mir leid. Das war völlig unangebracht, aber es war geradezu eine Herausforderung.«

Selbst Werner hatte Mühe, den der Situation geschuldeten Ernst beizubehalten. Er räusperte sich, bevor er sagte: »Vielleicht etwas unglücklich formuliert, aber ja, genauso ist es.«

»Ich fürchte, da kann ich Ihnen auch nicht weiterhelfen«, sagte die Tierärztin, nun wieder ernst. »Dafür kannte ich Frau Kaufmann nicht gut genug. Ich habe sie als sehr freundlich und hilfsbereit kennengelernt. Außerdem war sie äußerst engagiert, was die Hunderettung anbelangte. Sie war es auch, die dafür sorgte, dass jeder Hund, den sie hierherholen, erst einmal von mir durchgecheckt wird.«

Rika nickte eifrig. »Es war auch Clarissas Idee, die Hunde auf Antikörper zu testen, da nicht immer sicher ist, ob die Impfpässe korrekt sind. Das ist zwar ein teurer Spaß, aber dafür haben wir hinterher keinen Ärger mit den zukünftigen Besitzern. Ganz im Gegenteil sind die eher bereit, noch einen zweiten Hund aufzunehmen.«

»Sie sind also auch Mitglied bei den Fellrettern?«, hakte Werner noch einmal nach.

Steffen hatte bereits die Mitgliederliste aufgerufen, die er in seinem Smartphone gespeichert hatte. Er nickte und beantwortete Werners Frage, bevor Rika etwas sagen konnte. »Rika Groenewoldt. Steht hier auf der Mitgliedsliste.« Er wandte sich an die Tierarzthelferin: »Aber Sie wissen auch nichts Negatives über Frau Kaufmann zu berichten?«

»Ach, wissen Sie, mir geht es dabei hauptsächlich um die Hunde. Auf die Gerüchte achte ich nicht so sehr.«

»Würden Sie uns dennoch an dem teilhaben lassen, was Sie aktuell aus der Gerüchteküche aufgefangen haben?«, forderte Jessica sie auf.

»Wie schon gesagt – es sind nur Gerüchte«, antwortete Rika zögernd. »Und die sind wahrscheinlich nur entstanden, weil alle einen Grund dafür suchten, dass Clarissa und Ines sich nicht verstanden. Darüber gab es die wildesten Theorien. Zuletzt habe ich gehört, dass es angeblich etwas mit Ines' Bruder zu tun hat. Aber worum es dabei genau ging, kann ich Ihnen nicht sagen. Wie ich bereits erwähnte – so ein Tratsch interessiert mich nicht.«

»Seit wann kursieren diese Gerüchte eigentlich?«, wollte Steffen wissen.

Rika zuckte mit den Schultern. »Keine Ahnung. Meine Freundin Birgit rief mich am Sonntag an und erzählte mir, dass sie nächste Woche Genaueres erfahren würde. Wer allerdings diese Informationsquelle sein sollte, kann ich Ihnen nicht sagen. Vielleicht fragen Sie sie einfach. Ihren Eltern gehört der Reitstall, gleich die Straße runter. Birgit arbeitet auch dort.«

Wieder schaute Steffen auf die Liste. »Birgit Möller?«

Rika nickte. »Genau.«

Werner bedankte sich und überreichte Doktor Dreesen eine Visitenkarte. »Falls Ihnen noch etwas einfällt, rufen Sie uns doch bitte an.«

Okka Dreesen und Rika Groenewoldt versprachen, das zu tun.

»Dann lasst uns doch gleich bei Frau Möller vorbeifahren, wo wir ohnehin in der Nähe sind. Ist bestimmt auch nicht hilfreicher, als andere Mitglieder zu befragen, aber was soll's, irgendwo müssen wir ja anfangen«, schlug Werner vor und die drei stiegen wieder ins Auto.

Sie fanden Birgit Möller, tatkräftig die Mistgabel schwingend, in einer der Pferdeboxen. Ein Hund nicht zu deutender Abstammung lag davor und bewachte die sich mit Mist füllende Schubkarre.

»Welches Gerücht meinen Sie?«, erkundigte die junge Frau sich bei den Kommissaren.

»Nun, erst einmal jedes, von dem Sie uns berichten können«, sagte Werner, in der Hoffnung, dass Birgit Möller tatsächlich etwas Hilfreiches beisteuern konnte.

»Na ja, seit Längerem wird schon getratscht, dass Maike in Ines verliebt ist. Dass Maike lesbisch ist, war noch nie ein Geheimnis, aber für gewöhnlich suchte sie sich ihre Liebschaften außerhalb des Vereins. Eben wegen des Geredes. Ach ja, und irgendwer hat mal vermutet, dass Clarissa was mit Heiko Schöller hat.« Birgit schaute für einen Moment nachdenklich drein, dann riss sie erschrocken die Augen auf. »Oh, verdammt! Sie wird doch nicht? Der Heiko ist doch wirklich an einem Herzinfarkt gestorben, oder?«

Steffen nickte. »Ist er. Erzählen Sie weiter.«

»Seit gestern wird darüber spekuliert, ob Clarissa Ines mit irgendetwas unter Druck gesetzt hat. Muss mit ihrem Bruder zu tun haben, aber Genaues weiß man da auch nicht.«

»Können Sie uns denn sagen, wer dieses Gerücht in Umlauf brachte?«, wollte Jessica wissen.

»Klar kann ich Ihnen sagen, von wem ich das habe«, antwortete Birgit. »Grietje Meier. Sie ist eine Freundin meiner Mutter und Maike Rolfs' Nachbarin. Die liegen ständig im Clinch, wegen des Hundegebells. Von daher kann ich auch nicht mit Sicherheit sagen, ob Grietje das nicht nur erfunden hat. Also, ich hab es von meiner Mutter erfahren, nicht von Grietje selbst. Und meine Mutter nutzt jede Gelegenheit, um schlecht über die Fellretter zu reden. Darum rief ich Rika überhaupt an, um herauszufinden, ob sie auch etwas in der Richtung gehört hat. Hatte sie aber nicht. Hätte ich mir denken können. Rika interessiert sich nicht für Tratsch.« Sie schaute

Werner an. »Ich würde vorschlagen, Sie sprechen mit Grietje, wenn Sie mehr wissen wollen.«

Auch hier stellte Werner die Frage nach einer Freundschaft zu Clarissa Kaufmann, doch Birgit verneinte. »Ich mochte sie eigentlich ganz gern. Nur schien sie nicht an einer Freundschaft interessiert zu sein. Sie blieb wohl lieber für sich.«

»Glauben Sie denn, dass diese Gerüchte wahr sind?«, wollte Jessica wissen.

»Ich bin nicht sicher. Ines' Bruder kenne ich nicht und ich wüsste auch nicht, dass die alte Meier den kennt. Auch Ines und Clarissa kennt die nur vom Sehen. Woher das Gerücht über ein Verhältnis zwischen Clarissa und Heiko stammte, weiß ich gar nicht mehr. Mit Maike ist das allerdings schon komisch. Die hatte schon länger keine Freundin mehr, ist aber immer wie eine Glucke um Ines herum. Von daher …«

Da auch Birgit keine weitreichenderen Informationen hatte, bedankten sich die Kommissare auch bei ihr und beschlossen, tatsächlich mit Grietje Meier zu reden.

»So eine Nachbarin bekommt ja auch hin und wieder Dinge mit, die eigentlich niemand mitbekommen sollte«, sagte Werner, wie um sich selbst Mut zuzusprechen, vielleicht doch noch über einen Anhaltspunkt zu stolpern. »Und wer weiß, vielleicht ist die Frau Meier ja eine von den Nachbarn, die um die Häuser streichen und lauschen.«

Steffen schaute auf die Uhr. Es ging auf Mittag zu. »Aber nicht sofort. Frau Schöller hatte Sonja zugesagt, um zwölf in der Inspektion zu sein. Wir sollten uns also auf den Weg zur Dienststelle machen und, falls dann noch nötig, Frau Meier später aufsuchen.«

Es gelang ihnen, vor Ines Schöller im Büro zu sein.

»Ich bin gespannt, ob sie mit Anwalt und Bruder im Schlepptau aufkreuzt«, sagte Werner.

»Ich habe ihr extra gesagt, dass bei einer Zeugenvernehmung kein Anwalt erforderlich ist«, berichtete Sonja.

»Da wir sie aber schon einmal befragt haben, wird sie sich ihren Teil denken«, entgegnete Werner.

»Und wenn nicht sie, dann ihr Bruder«, fügte Jessica hinzu.

Steffen schaute wieder auf die Uhr, diesmal auf die an der Wand des Büros. »Mir wäre schon recht, wenn sie überhaupt auftaucht. Sie ist bereits acht Minuten überfällig.«

Kaum hatte er es ausgesprochen, klingelte das Telefon auf Sonjas Schreibtisch. Sie nahm den Hörer auf, hörte kurz zu und hob dann den Daumen. »Peter bringt sie hoch«, verkündete die Sekretärin, nachdem sie den Hörer wieder aufgelegt hatte.

»Und? Mit Anwalt oder Bruder?«, hakte Werner nach.

»Weder noch. Sie ist in Begleitung von Maike Rolfs.«

»Ach nee. Jetzt bin ich aber mal gespannt.«

»Moin zusammen!«, rief der Kollege, der die beiden Frauen in Werner und Steffens Büro begleitet hatte. Er winkte kurz in den Raum und verabschiedete sich sogleich wieder, nachdem er seine Begleiterinnen mit einer Geste aufgefordert hatte, das Büro zu betreten.

»Eigentlich hatten wir darum gebeten, mit Frau Schöller allein sprechen zu können«, bemerkte Werner sofort.

Maike Rolfs warf ihm einen giftigen Blick zu. »Sicher. Und hinterher behaupten Sie, Ines hätte den Mord an Clarissa gestanden. Kommt gar nicht infrage. Entweder bleibe ich, oder sie kommt mit einem Anwalt wieder.«

»Maike, lass doch«, sagte Ines Schöller mit leiser Stimme. Sie war blass und wirkte ausgesprochen nervös.

»Du stehst kurz vor einem Nervenzusammenbruch und brauchst jemanden, der Partei für dich ergreift. Also setz dich hin und wir hören uns an, was die Kommissare dir vorwerfen.«

»Wir werfen Frau Schöller erst einmal gar nichts vor. Im Moment sind wir immer noch daran interessiert, herauszufinden, mit wem Frau Kaufmann so große Probleme gehabt haben könnte, dass man ihr mit einem Beil den Schädel spaltete.« Werner fixierte Maike Rolfs mit seinem Blick.

Die jedoch zuckte mit keiner Wimper, während Ines Schöller leise zu weinen anfing.

Doch Werner konnte und wollte jetzt keine Rücksicht auf die Gefühlslage der frischgebackenen Witwe nehmen. Er wandte sich an Ines: »Sie werden verstehen, dass Sie dabei in den

Fokus gerückt sind, nachdem uns aus mehreren Ecken zugetragen wurde, dass Ihr Bruder Geheimnisse hatte, von denen Clarissa Kaufmann wusste. Außerdem erfuhren wir eben erst, dass auch behauptet wird, Ihr Mann und Clarissa Kaufmann hätten ein Verhältnis gehabt. Nach dem derzeitigen Stand der Ermittlung sind Sie bisher die Einzige, die sogar zwei Motive hatte, Frau Kaufmann zu töten.«

»Aber ich weiß doch von nichts!«, fuhr Ines auf. »Matthias hat keine Geheimnisse! Und Heiko liebte mich! Nur mich! Er kannte Clarissa ja nicht einmal richtig! Wie ich Ihnen schon sagte – es sind nur dumme Gerüchte!« Während sie das hervorstieß, begann sie unkontrolliert zu zittern und richtete ihren Blick ängstlich auf Maike.

Die wurde nun auch nervös. »Das hat doch alles keinen Sinn«, sagte sie angespannt. »Sie sehen doch, wie es meiner Freundin geht. Hören Sie auf, sie zu quälen, nur weil Sie nicht weiterwissen.« Maike stand hastig auf. »Komm, Ines, ich fahre dich jetzt erst mal zu einem Arzt, bevor du noch völlig zusammenklappst.« Sie zog Ines vom Stuhl hoch. »Wenn Sie noch irgendetwas wissen möchten, wenden Sie sich an Matthias Hartwig. Er wird Ihnen mitteilen, wer sein und Ines' Anwalt ist.« Mit Ines im Schlepptau rauschte sie aus dem Büro.

»Was war denn das für 'ne Nummer?« Jessica schaute den Frauen verblüfft hinterher.

»Kann ich dir sagen«, antwortete Steffen. »Eine ganz miserable schauspielerische Darbietung. Wobei mir allerdings nicht klar ist, was die damit bezwecken wollten.«

»Demonstrieren, wie sehr Frau Schöller unter dem Tod ihres Mannes leidet, weshalb sie keinesfalls eine Mörderin sein kann?« Jessica zuckte mit den Schultern.

Werner starrte immer noch nachdenklich auf die Tür, durch die die Frauen verschwunden waren. »Immerhin bin ich mir jetzt noch sicherer als zuvor, dass wir auf der richtigen Spur sind, wenn ich auch nicht weiß, wo diese hinführt. Das war als Ablenkungsmanöver geplant, auch wenn ich genauso ratlos bezüglich der Sinnhaftigkeit bin wie Steffen.«

»Okay, müssen wir nur noch herausfinden, wer von beiden die Täterin ist, und Beweise dafür finden«, bemerkte Jessica.

»Womöglich stecken die beiden unter einer Decke«, schlug Sonja vor. Sie erschien im Türrahmen, balancierte ein Tablett mit Tassen und Kaffeekanne vor sich her und hatte Jessicas Bemerkung noch mitbekommen.

»Auch möglich«, stimmte Werner zu. »Aber ob nun eine, beide oder Herr Hartwig, uns fehlen immer noch Beweise.«

»Und wenn Heiko Schöller der Mann in Frau Kaufmanns Leben war?«, fragte Jessica plötzlich. »Zwar hat das bisher nur Birgit Möller erwähnt, aber allem Anschein nach hütete Frau Kaufmann dieses Geheimnis ziemlich gut. Das würde auch erklären, warum sie keine Hunde mehr bei sich aufnahm.«

Sonja und die Kommissare schauten Jessica fragend an.

»Na, der hatte doch eine Hundehaarallergie.«

Werner nickte. »Das könnte tatsächlich sein. Dennoch bin ich inzwischen davon überzeugt, dass, wenn Ines Schöller die Täterin ist, Maike Rolfs davon weiß.«

»Lass uns erst einmal Kaffee trinken, dann fahren wir zu Frau Meier. Das hätten wir schon längst machen sollen. Vielleicht hat sie ja irgendetwas beobachtet.«

Jessica nickte. »Wenn die sich schon lange über das Hundegebell ärgert, dann sucht sie bestimmt auch nach einer Gelegenheit, Maike Rolfs oder am besten gleich dem ganzen Verein ans Zeug flicken zu können. Und wenn wir etwas haben, womit wir Frau Rolfs unter Druck setzen können, dann packt die vielleicht über Ines Schöller aus, um ihren eigenen Hals zu retten.«

»Aber hätte Frau Meier sich nicht schon längst bei uns gemeldet, wenn es irgendetwas gäbe, womit sie Frau Rolfs in Schwierigkeiten bringen könnte?«, gab Sonja zu bedenken.

»Vielleicht ist ihr ja nicht bewusst, dass sie etwas gesehen hat, womit sie der Nachbarin Schwierigkeiten machen könnte.« Werner war nicht bereit, sich die kleine Hoffnung auf Erfolg gleich wieder nehmen zu lassen.

»Genau«, stimmte Steffen ihm zu. »Womöglich hat sie ja mal etwas gesehen, von dem sie gar nicht weiß, was es zu bedeuten hat. Und jetzt trinken wir unseren Kaffee.«

Werner schaute Sonja an. »Gibt's noch Kekse?«

Sonja grinste. »Würde ich riskieren, dass die Keksschublade jemals leer ist?«

Rasch stand Werner auf und ging in die Teeküche, um die Keksdose zu holen.

Kapitel 17

»Und wie gehen wir weiter vor, wenn diese Frau Meier uns auch nicht weiterhelfen kann?«, fragte Jessica, während sie wieder einmal nach Holtland fuhren.

Werner seufzte leise. »Zerstör doch nicht gleich all meine Hoffnungen. Darum machen wir uns Gedanken, sollte es wirklich so sein.«

»Du steckst den Kopf in den Sand, mein Freund«, sagte Steffen. »Es müsste schon an ein Wunder grenzen, wenn Frau Meier gleich den kompletten Fall aufklärt und uns gleichzeitig auch noch mit Beweisen versorgt. Bestenfalls bekommen wir noch einen Schubs in die richtige Richtung.«

»Mag sein. Trotzdem sollten wir uns jetzt erst einmal auf Frau Rolfs' Nachbarin konzentrieren.« Werner lenkte den Wagen in die Einfahrt des Hauses der Familie Meier.

Die Tür wurde ihnen jedoch von Herrn Meier und nicht von seiner Gattin geöffnet. Der verdrehte gleich die Augen, als Steffen ihm seinen Dienstausweis präsentierte. »Mit wem hat meine Frau jetzt wieder Ärger angefangen?« Er wandte den Kopf und brüllte ins Haus hinein: »Grietje! Besuch für dich!« Dann bedeutete er Jessica, Steffen und Werner einzutreten.

Steffen warf Werner einen ›Ich-hab's-doch-geahnt-Blick‹ zu. Allem Anschein nach war Grietje Meier nicht nur in Sachen Tratsch recht rege, sondern auch noch streitlustig unterwegs. Erfahrungsgemäß musste man den Wahrheitsgehalt der Aussagen von Zeugen dieses Schlages mühsam aus den drumherum gestrickten Übertreibungen und Fantasiegespinsten herausfiltern.

Grietje Meier kam aus einem Zimmer und schaute den Kommissaren überrascht entgegen.

»Diesmal hast du es wohl übertrieben, Grietje. Das ist die Kriminalpolizei«, blaffte Herr Meier, drehte sich um und ging einfach davon.

Seine Gattin schüttelte verständnislos den Kopf, dann bat sie die drei in die Küche. »Mein Mann übertreibt immer ein wenig«, entschuldigte sie die Reaktion des Ehemanns und wies auf Tisch und Stühle. »Setzen Sie sich doch. Ich nehme an, Sie kommen wegen Clarissa Kaufmann. Möchten Sie einen Tee? Oder lieber Kaffee?«

»Nichts, vielen Dank, Frau Meier«, entgegnete Werner und nahm Platz. »Setzen Sie sich doch bitte zu uns. Und ja, es geht um Frau Kaufmann.«

»Das ist wirklich furchtbar«, brach es aus Grietje Meier hervor, als alle um den Tisch herumsaßen. »Ausgerechnet die Clarissa! Eine so nette, junge Frau! Sie war wirklich die Einzige von dem ganzen Verein, die Verständnis dafür zeigte, dass dieses dauernde Gebell von nebenan wirklich sehr störend sein kann.«

Werner nickte verständnisvoll, auch wenn er persönlich Rasenmäher und Laubsauger als wesentlich störender empfand als das Gebell von Hunden. Schließlich bellten die ja nicht ständig. Jetzt zum Beispiel war überhaupt nichts zu hören, obwohl das Küchenfenster offen stand und die Küche in direkter Linie zum Nachbarhaus lag. Aber es war immer hilfreich, Zeugen gegenüber Verständnis für die jeweilige Situation zu suggerieren. »Uns ist zu Ohren gekommen, dass über Ihre Nachbarin gewisse Gerüchte kursieren. Und man sagte uns, dass Sie vielleicht etwas mehr darüber wissen.«

Grietje Meier riss die Augen auf. »Denken Sie etwa, Maike hätte etwas mit dem Mord zu tun?«

»Denken Sie das?«, entzog sich Werner der Antwort mit einer Gegenfrage.

»Ich … also … nein, so etwas würde ich nie behaupten. Allerdings habe ich schon mitbekommen, dass Maike und Clarissa sich hin und wieder lautstark stritten.«

»Sie haben nicht zufällig mitbekommen, worum es bei diesen Streitigkeiten ging?«, fragte Steffen.

»Worum soll es da schon gegangen sein? Um diese ausländischen Tölen natürlich.«

»Könnten Sie das etwas genauer ausführen?«, bat Jessica.

»Ob ich das so genau verstanden habe, weiß ich nicht. Ich kenne mich mit dem, was die da machen, ja nicht aus. Und dass ich etwas von diesen Auseinandersetzungen mitbekommen habe, ist auch schon eine ganze Weile her«, wich Grietje Meier aus.

»Es wäre trotzdem schön, wenn Sie versuchen würden, uns die Streitpunkte der beiden zu erläutern.«

»Ich will ja aber auch nichts Falsches erzählen. Nicht, dass ich am Ende noch vor Gericht aussagen muss und hab mich einfach nur verhört. Sie müssen wissen, wenn ich das richtig verstanden habe, dann haben wir es mit wirklich üblen Kriminellen zu tun.«

»Machen Sie sich keine Sorgen, Frau Meier«, sagte Werner beschwichtigend und schickte ein Stoßgebet zum Himmel, dass die Frau wirklich konkrete Hinweise liefern würde und nicht nur schlicht und ergreifend zu viele Krimis gesehen hatte.

»Also, ich erzähle Ihnen jetzt einfach, wie es war«, beschloss Grietje Meier. »Es ist allerdings schon ein paar Monate her. Die Hunde bellten schon wieder gefühlte drei Stunden. Als es mir zu dumm wurde, ging ich mit dem Handy nach draußen, um das Gebell mal aufzunehmen. Damit wollte ich zum Ordnungsamt. Die sollten mal einen Eindruck davon bekommen, was für einem Lärm ich hier tagtäglich ausgesetzt bin. Dummerweise war ich aber zu weit entfernt und auf der Aufnahme war nur Rauschen zu hören. So bin ich rübergelaufen, um es gleich aus nächster Nähe aufzunehmen.« Sie schaute Werner ein wenig zerknirscht an. »Ich weiß, das wäre nicht ganz korrekt gewesen, aber was soll man machen?«

Werner machte eine wegwerfende Handbewegung. »Wir sind ja nicht das Ordnungsamt, Frau Meier. Erzählen Sie weiter.«

»Ja, also, ich lief nach drüben und ging um das Haus herum, in den Garten. Da, wo die Zwinger sind. Plötzlich kam ein Wagen angefahren und hielt direkt vor der Haustür. Jemand sprang aus dem Auto, klingelte an der Tür und hämmerte danach sofort mit den Fäusten an die Tür. Ich bekam natürlich einen Riesenschreck und versteckte mich rasch, weil die Hunde nun noch mehr bellten und ich Sorge hatte, dass Maike nach ihnen schaut und mich entdeckt. Doch sie öffnete die Tür und ich hörte, wie sie fragte: ›Was willst du, Clarissa?‹«

»Und? Was wollte Clarissa?«, fragte Jessica angespannt.

»Sie wollte die Adresse von Matthias Hartwig. Erst später habe ich herausgefunden, dass der Ines Schöllers Bruder ist.«

»Hat sie gesagt, warum sie die Adresse wollte?«, hakte Steffen nach.

»Allerdings. Sie sagte, nein, sie brüllte Maike an, Hartwig sei ein Krimineller. Sie habe ihn bei der Räumung des Hofs gesehen.« Sie schaute die Kommissare der Reihe nach an. »Also, da war so ein Tiermessie, den haben sie hochgenommen. Clarissa war wohl dabei. Stand in der Zeitung. So ein ganz Schlimmer …«

Werner nickte ungeduldig. »Wissen wir, Frau Meier. Und Herr Hartwig hatte damit zu tun?«

»Soweit ich das verstanden habe, hat der wohl mit den Leuten irgendwelche Geschäfte gemacht. Irgendwas mit Waffen!«

»Frau Meier, Sie sind ein Goldstück!«, rief Werner erfreut und stand auf. »Sie haben uns ein gutes Stück weitergeholfen.«

Frau Meier strahlte. »Kommen denn die Hunde dann jetzt da weg?«

»Wir sind nicht das Ordnungsamt, Frau Meier. Da können wir Ihnen leider nicht weiterhelfen.«

Die drei verabschiedeten sich und gingen zur Haustür.

»Lassen Sie sich von meiner Frau nicht verschaukeln.« Der Hausherr war im Flur aufgetaucht. »Man hört hier überhaupt nichts von den Hunden. Höchstens mal bei Ostwind und wann haben wir den mal? Sie ist ein bisschen hysterisch.«

»Alles gut, Herr Meier. Ihre Frau hat uns sehr geholfen. Schönen Tag noch.« Schnell öffnete Steffen die Haustür und trat ins Freie. Keiner der Kommissare beabsichtigte, sich in die häuslichen Zwistigkeiten der Familie Meier hineinziehen zu lassen.

»Ich fürchte, wir müssen jetzt doch nach Pilsum fahren«, verkündete Werner, bevor sie ins Auto stiegen. »Die Frau Gerritsen sollte doch wissen, wer mit ihrem Mann Geschäfte gemacht hat.«

Während Steffen den Wagen nach Pilsum lenkte, verdunkelte sich der nun seit Wochen strahlend blaue Himmel nach und nach. Graue Gewitterwolken türmten sich am Horizont und als die drei vor Monika Gerritsens Haus parkten, fielen erste Regentropfen.

Glücklicherweise war Monika Gerritsen zu Hause und öffnete auch sogleich die Tür. Überrascht erkannte sie Jessica und schaute dann fragend Steffen und Werner an.

»Oh, Kripo«, sagte sie gedehnt, als sie auf die Ausweise schaute, und warf Jessica einen verletzten Blick zu. »Ich hatte euch doch schon alles erzählt. Was soll das jetzt?«

»Dürfen wir erst einmal eintreten?«, bat Steffen. Es hatte stärker zu regnen angefangen und in der Ferne grollte Donner.

»Ja, sicher. Kommen Sie herein.« Sie führte die ungebetenen Besucher in die Küche, wo jetzt auch ein Tisch und Stühle Platz gefunden hatten.

»Es hat sich in der Zwischenzeit noch einiges ergeben«, erklärte Jessica. »Ist Ihnen Matthias Hartwig bekannt?«

Es war kaum zu übersehen, dass Monika Gerritsen bei der Nennung dieses Namens zusammenzuckte. Dennoch wandte sie sich zu Jessica um, versuchte, ein möglichst neutrales Gesicht zu machen, und sagte: »Nein, sollte ich ihn kennen?«

»Frau Gerritsen«, schon Werners Tonfall machte deutlich, dass er ihr kein Wort glaubte. »Ich habe genau gesehen, wie Sie erschraken, als meine Kollegin diesen Namen nannte. Also machen Sie es uns nicht schwerer als nötig. Der Mann hat vermutlich Frau Kaufmann umgebracht. Wir brauchen irgendetwas, um seine Schuld beweisen zu können.«

Monika ließ sich auf einen der Stühle sinken. Dann schaute sie Werner verzweifelt an. »Es wird ohnehin alles herauskommen, nehme ich an.«

»Davon können Sie ausgehen.« Der Hauptkommissar setzte sich ihr gegenüber an den Tisch. »Wenn Sie befürchten, Hartwig könnte auch Ihnen etwas antun, dann können wir Sie beschützen.«

»Darum geht es nicht«, entgegnete Monika leise. »Es ist nur … wenn ich Ihnen sage, was ich weiß, dann gehe auch ich ins Gefängnis. Und … Clarissa ist völlig umsonst gestorben.«

»Sie werden trotzdem nicht mehr drumherum kommen.« Auch Steffen setzte sich. »Und so schrecklich es auch ist, wenn, wie Sie sagen, Frau Kaufmann umsonst gestorben ist – können Sie es mit Ihrem Gewissen vereinbaren, dass ihr Mörder frei herumläuft?«

Monika Gerritsen atmete tief ein, dann nickte sie. »Es muss wohl sein. Die Waffen – sie gehörten nicht Jochen, sondern Matthias Hartwig. Hartwig lagerte häufig welche bei uns und er traf sich auch mit seinen Kunden auf unserem Hof. Und er bezahlte gut dafür. Wir brauchten das Geld, denn Jochens Geschäft mit den Hunden lief nicht gut und außerdem ist er spielsüchtig. Was das bedeutet, wissen Sie bestimmt. Und auch das Tierasyl für Nutztiere, das ich aufbauen wollte, funktionierte nicht. Ich hatte geglaubt, genug Spendengelder hereinzubekommen, um die Tiere ernähren zu können. Aber am Ende wusste ich nicht mehr ein noch aus.« Sie stieß ein trauriges Lachen aus. »Ich hatte nicht einmal genug Geld, um die Tiere zum Schlachter bringen zu können, um sie so von ihrem Leid zu erlösen.«

»Sagten Sie nicht, Hartwig hätte Sie gut dafür bezahlt?«

»Wie ich schon sagte – mein Mann ist ein Spieler. Wenn Geld da war, verprasste er es sogleich wieder.«

»Also haben Sie doch von dem Waffenhandel gewusst«, kam Werner auf das eigentliche Thema zurück.

Wieder nickte Monika Gerritsen. »Mein Mann mag ein Arschloch sein, aber er sagte vor Gericht aus, dass ich nichts davon gewusst habe, und bewahrte mich so vor dem Gefängnis. Natürlich in der Hoffnung, dass ich ihn wieder bei mir aufnehme, wenn er entlassen wird.«

»Und für Hartwig hat er auch so einfach den Kopf hingehalten?«, wollte Jessica wissen.

»Auch für dieses Schweigen hat Hartwig bezahlt.«

»Ah, jetzt wird mir klar, warum Sie befürchten, auch ins Gefängnis zu müssen«, sagte Werner. »Von diesem Schweigegeld leben Sie zurzeit, richtig?«

»So ist es.«

»Aber wie konnte Clarissa Kaufmann davon wissen?«, hakte Jessica nach.

»An dem Tag, als unser Hof geräumt wurde, hatte Hartwig noch einen Termin mit einem seiner Kunden auf unserem Hof. Er konnte rechtzeitig verschwinden, doch Clarissa war schon vor Ort, um auf die Polizei und das Veterinäramt zu warten. Sie hat ihn gesehen. Und sie sah auch die Waffen, die er noch im Kofferraum hatte. Sie wusste damals nicht, wer er ist, und hatte in der Aufregung auch nicht auf sein Autokennzeichen geachtet. Vor Gericht sagte sie das auch aus. Da Jochen aber schwieg, konnte nicht herausgefunden werden, um wen es sich bei dem Mann mit den Waffen im Kofferraum handelte. Alles andere kann ich nur vermuten, nämlich dass Clarissa und Hartwig sich irgendwann zufällig über den Weg gelaufen sein müssen. Denn Maike Rolfs steckt da auch irgendwie mit drin. Ich weiß zwar nicht, ob sie irgendetwas mit den Waffen zu tun hat, aber Hartwig schien sie gut zu kennen.«

»Sind Sie bereit, das auch vor Gericht auszusagen?«, fragte Werner.

»Habe ich eine Wahl?«

»Wir könnten es gegenüber der Staatsanwaltschaft so formulieren, dass Sie sich bei uns meldeten. Das wird sich positiv auf das Strafmaß auswirken und Sie kommen vielleicht sogar mit einer Bewährungsstrafe davon.«

»Danke. Sie können auf mich zählen.«

»Eine Frage noch, Frau Gerritsen, dann lassen wir Sie erst mal in Ruhe«, ergriff Steffen wieder das Wort. »Weiß Frau Schöller, was ihr Bruder treibt?«

Monika Gerritsen zuckte mit den Schultern. »Das kann ich Ihnen nicht sagen. Ich kenne die Frau nicht wirklich. Aber ich könnte mir vorstellen, dass Hartwig die Waffen zurzeit bei ihr zwischenlagert.«

Werner bedankte sich und Monika begleitete die drei zur Haustür. »Wie geht es jetzt weiter?«, wollte sie noch wissen.

»Sie werden eine Vorladung erhalten.« Steffen überreichte ihr eine Visitenkarte. »Wenn Sie Fragen haben, wenden Sie sich jederzeit an uns.«

»Und jetzt?«, erkundigte sich Jessica, als sie wieder im Auto saßen.

»Jetzt haben wir einen begründeten Verdacht und werden erst einmal eine Durchsuchungsanordnung für Frau Schöllers Haus beantragen. Wenn wir da tatsächlich Waffen finden, legen wir Herrn Hartwig Handschellen an und für uns ist die Sache erledigt.«

»Na, dann hoffen wir mal, dass es so einfach wird«, bemerkte Steffen und startete den Motor.

Kapitel 18

Stöhnend kam Josefine zu sich. Jeder Knochen im Leib tat ihr weh.

»Warte, ich helfe dir«, sagte Britta und unterstützte die Freundin dabei, sich aufzusetzen.

»Was ist passiert? Und wo sind wir?« Josefine schaute sich um, konnte aber kaum etwas erkennen, da der Raum, in dem sie sich befanden, dunkel und fensterlos war. Außerdem roch es muffig nach Keller.

»Ich nehme an, Maike hat uns etwas in den Tee gemischt und nun sitzen wir in ihrem Kartoffelkeller fest. Der Raum ist winzig und es ist verflucht kühl hier drinnen. Ich war auch nicht komplett weg und habe noch gemerkt, wie sie mich hierhergeschleppt haben. Um dich habe ich mir allerdings größte Sorgen gemacht und gefühlt alle fünf Minuten Puls und Herzschlag kontrolliert.«

»Benzodiazepin oder etwas in der Art, das schneller wirkt«, vermutete Josefine. »Für alte Schabracken wie mich braucht's erheblich weniger als für eine Frau deines Alters. Das hat Maike wohl nicht gewusst.«

»Wie geht es dir denn jetzt?«

»Noch ziemlich benebelt, aber ich werd's überleben. Was ist mit dir?«

»Die Knie sind noch ein wenig wacklig, aber es wird schon gehen. Nur ist die blöde Tür ziemlich stabil. Ich fürchte, allein kommen wir hier nicht raus.«

»Die Handys haben sie uns wohl nicht gelassen, nehme ich an?«

Britta schüttelte den Kopf, bis ihr einfiel, dass Josefine das nicht sehen konnte. »Nein, haben sie nicht. Wir können einfach nur hoffen, dass uns möglichst bald jemand vermisst.«

»Ist aber auch zu blöd, dass man hier nichts sehen kann. Gibt es nicht irgendwo einen Lichtschalter?«

»Den gibt es schon, nur leider passiert nichts, wenn man draufdrückt«, maulte Britta. »Aber ich taste noch mal rum.

Hier liegt jede Menge Krempel. Vielleicht finde ich etwas, womit wir die Tür aufbrechen können.«

»Hoffentlich gibt's hier keine Ratten«, bemerkte Josefine und schüttelte sich.

»Musstest du das sagen? Jetzt traue ich mich kaum noch, irgendwohin zu fassen.«

Josefine lachte leise. »Keine Sorge. Wären hier welche, hätten sie bereits versucht, uns anzuknabbern. Also such.«

Josefine hörte, wie Britta Dinge durchwühlte und plötzlich sagte: »Ich glaube, ich habe was gefunden!«

»Was? Ein Brecheisen?«

»Nein. Fühlt sich an wie ein Handy! Warte … hier liegt noch was. Ah, scheint der Akku zu sein.«

Josefine wartete ungeduldig, während Britta in der Dunkelheit an dem Gerät herumfummelte.

»Ich denke, ich hab's!«

»Na, dann schalte es ein und setz einen Notruf ab!«

Der Lichtschein des Handys erhellte den Raum ein wenig.

»Mist! Kein Netz!«, fluchte Britta.

»Versuch's trotzdem.«

Britta wählte die 110 und das Display des Smartphones wurde schwarz.

»Was ist passiert?«, wollte Josefine wissen.

»Der Akku hat schlappgemacht. Das war wohl nur noch das allerletzte Aufbäumen. Ich suche also weiter nach einem Brecheisen oder etwas in der Richtung.«

»Ich hab noch was!«, rief Britta wenig später aus. »Verdammt! Das ist ein Beil!«

»Oha!«, machte Josefine.

»Was meinst du mit oha?«

»Ein Beil und ein Handy in einem Kartoffelkeller? Fällt dir dazu nichts ein?«

»Ach du Scheiße!«, stieß Britta hervor und ließ das Beil fallen.

»Halt das Ding fest«, riet Josefine. »So wie es aussieht, sitzen wir im Kartoffelkeller einer Mörderin, oder zumindest ist sie Mitwisserin und dann sitzt die Mörderin gerade in ihrem

Wohnzimmer. Da wäre es vielleicht hilfreich, wenn wir etwas zu unserer Verteidigung hätten, falls sie auch vor zwei weiteren Morden nicht zurückschrecken. Und steck das Handy ein. Wenn es wirklich das von Clarissa Kaufmann ist, dann brauchen wir es als Beweis.« Sie konnte hören, wie Britta das Beil wieder vom Boden aufnahm.

»Du hast recht. Zur Not müssen wir uns eben handgreiflich verteidigen.« Sie steckte das Smartphone in die Gesäßtasche ihrer Jeans.

Die beiden Frauen fuhren zusammen, als ganz in der Nähe plötzlich eine männliche Stimme lospolterte: »Weiber! Wie blöd kann man eigentlich sein? Und jetzt?«

»Ich weiß es doch nicht, Matthias!«, entgegnete eine Frau jammernd.

Josefine identifizierte die Stimme als die von Ines Schöller.

»Ich habe doch mit diesem ganzen Mist gar nichts zu tun! Ihr habt mich da reingezogen. Jetzt lasst mich endlich raus. Ich will um meinen Mann trauern dürfen, ganz gleich, was Heiko getan hat!«

»Denkst du …?«, fuhr nun Maike Rolfs auf, wurde aber von Matthias barsch unterbrochen: »Schnauze jetzt. Wir müssen das regeln. Alles war in Butter, bist du … ach, Scheiße, verdammte! Wir müssen die Weiber irgendwie loswerden.«

»Matthias!«, rief nun Ines wieder. »Du kannst doch nicht …«

»Ich kann und ich werde. Besorgt mir irgendwas, womit wir sie fesseln können. Ich fahre das Auto hinters Haus, dann können wir sie ungesehen durch die Hintertür in den Wagen bringen. Ist noch irgendwas im Haus, das auf die beiden hinweisen könnte?«

»Ines hat Brittas Wagen in die Scheune gefahren. Die Riesenhandtasche von der Alten hab ich in das Auto gelegt.«

»Darum kümmere ich mich später.«

»Und dann?« Selbst durch die geschlossene Tür und obwohl es nur zwei Worte waren, konnten Josefine und Britta hören, wie sehr Ines' Stimme zitterte.

»Dein Bruder wird das schon regeln und ich werde mich um dich kümmern«, antwortete Maike mit sanfter Stimme.

»Beruhige dich jetzt und tu, was Matthias gesagt hat. Dann wird alles wieder gut. In der Scheune sind Strohkordeln. Die werden gehen.«

Offenbar hatte Maike versucht, Ines zu umarmen, denn die kreischte mit einem Mal: »Fass mich bloß nicht an, du … du …«

Klatsch! Ines schrie auf. Maike oder Matthias hatte sie geschlagen.

»Jetzt werd nicht hysterisch, verdammt!«, blaffte Matthias Hartwig. »Beweg deinen Arsch in die Scheune!«

»Mit dem ist nicht gut Kirschen essen«, flüsterte Britta angespannt.

»Darum solltest du ihm das Beil über den Schädel ziehen, sobald er die Türe öffnet«, empfahl Josefine leise.

Mit klopfenden Herzen hockten sie in der Dunkelheit und lauschten.

Als sich nähernde Schritte zu hören waren, stand Britta auf, stellte sich neben die zwei Stufen, die zur Tür hinaufführten, und hob das Beil, bereit, jederzeit mit umgedrehter Schneide hart zuzuschlagen.

Der Schlüssel wurde gedreht, Britta hielt den Atem an. Die Tür wurde aufgerissen und mit einem Mal wurde es so hell, dass sie geblendet wurde. Noch bevor sie zuschlagen konnte, sagte Matthias Hartwig: »Lass das Ding fallen oder ich schieße.«

Britta konnte wieder etwas erkennen, als Hartwig die Taschenlampe senkte, und blickte genau in den Lauf einer Pistole.

»Lass es fallen, Britta«, sagte nun auch Josefine.

Das Beil fiel zu Boden.

»Hände auf den Rücken!«, kommandierte Hartwig.

»Das kann ich nicht, junger Mann«, widersprach Josefine. »Ich bin eine alte Frau, die ihre Arme nicht mehr so weit nach hinten bekommt.«

»Hilf ihr dabei.« Hartwig trat zur Seite, damit Maike an ihm vorbeikam.

Sie ging direkt zu Josefine, half ihr aufzustehen und zerrte dann die Arme der älteren Frau auf deren Rücken.

»Worauf wartest du?«, sagte Hartwig und nun drängte sich auch Ines an ihm vorbei, um Britta zu fesseln.

»Nicht so grob!«, schimpfte Josefine. »Ich hab dir schließlich nichts getan!«

»Stell dich nicht so an. Wird nicht lange wehtun«, entgegnete Maike und zog die Kordel stramm.

Wenig später befahl Hartwig ihnen, den Keller zu verlassen. Maike und Ines gingen voran, dann folgten Britta und Josefine. Zuletzt Hartwig mit der Waffe. Sie verließen das Haus durch die Hintertür, wo Maike die Türen des davor geparkten Wagens öffnete und Hartwig Britta und Josefine anwies, einzusteigen.

Während Josefine sich in das Auto quälte, fiel ihr Blick auf die Hauswand. Und nun wusste sie, was sie am Montagabend gesehen und was ihr keine Ruhe gelassen hatte. Dort stand ein Hollandfahrrad mit stark verbeulten Speichen. Es war deutlich zu sehen, dass zwei davon fehlten.

Hochmotiviert durch das Lob der Kommissare, hatte Grietje Meier beschlossen, der verdächtig gewordenen Nachbarin noch größere Aufmerksamkeit zu schenken. Wäre doch gelacht, sollte es ihr nicht möglich sein, ein direkt in der Nachbarschaft verübtes Verbrechen aufzuklären. Sie, Grietje Meier, in einer Reihe mit Miss Marple, Jessica Fletcher, Agatha Raisin und welch großartige Hobbyermittlerinnen es sonst noch so gab. Vor ihrem geistigen Auge sah sie sich bereits dem Leeraner Polizeichef gegenüber, der ihr eine Verdienst, urkunde überreichte. Hah! Dann würde Karl-Heinz aber Augen machen!

Natürlich hatte Grietje durch viele Fernsehkrimis und Kriminalromane etliches über Ermittlungen gelernt. So machte sie sich, in Braun gekleidet wie der Ackerboden und ausgestattet mit ihrem Smartphone, um gegebenenfalls Fotos schießen zu können, auf den Weg zum Nachbargrundstück. Bei den Bäumen, die ihr eigenes Land umgaben, blieb sie stehen, um erst einmal die Lage zu checken. Zu blöd, dass Bauer Okken dieses Jahr Getreide und nicht Mais gesät hatte. Der Mais hätte ihr wunderbare Deckung geboten, während man sie aufgrund der bereits abgeernteten Gerste trotz Tarnkleidung schon von Weitem sehen konnte.

Gerade hatte sie sich entschlossen, einfach so zu tun, als würde sie einen Spaziergang über das Stoppelfeld machen, da sah sie, wie ein Wagen hinter das Nachbarhaus gefahren wurde. Ein Mann stieg aus und verschwand rasch durch die offene Hintertür ins Haus.

Grietjes Herzschlag beschleunigte sich. Irgendetwas ging da drüben vor sich. Sie konnte unmöglich riskieren, ausgerechnet jetzt entdeckt zu werden. Also blieb sie dicht am Stamm einer Eiche stehen, zog den Zoom der im Smartphone integrierten Kamera so groß wie nur möglich und fotografierte schon mal das Fahrzeug. Auf diese Entfernung war das Kennzeichen zwar auch mit der Vergrößerung nicht zu entziffern, doch sie hoffte darauf, dass die Polizei über die entsprechenden technischen Möglichkeiten verfügte, um herauszufinden, wem dieses Auto gehörte.

Plötzlich wurde die Hintertür weit aufgerissen. Grietje erstarrte, als sie erkannte, dass man zwei Frauen, deren Hände offensichtlich auf dem Rücken gefesselt worden waren, dazu nötigte, in den Wagen einzusteigen. Sofort wurde ihr klar, was hier gerade passierte und dass diese Situation weit mehr als eine Hobbyermittlerin erforderte. Mit zitternden Fingern wählte sie den Notruf.

Kapitel 19

»Leitstelle für Leda 18/2«, dröhnte es aus dem Sprechfunk, als Steffen gerade die Ems-Park-Kreuzung Richtung Innenstadt passierte.

»Leda 18/2 hört«, meldete sich Werner. »Was gibt's, Kalle?«

»Anruf von Grietje Meier.« Kalle nannte die Adresse. »Sie sagte, ihr hattet bereits mit ihr wegen des aktuellen Mordfalls gesprochen.«

»Jo«, bestätigte Werner und verdrehte die Augen.

»Frau Meier meldete gerade eine vermeintliche Entführung. Zwei Frauen wurden gefesselt aus dem Nachbarhaus geführt und in einen schwarzen BMW genötigt.«

»Scheiße!«, fluchte Steffen, denn ihm war sofort klar, um wen es sich bei diesen zwei Frauen handelte. In Sekundenschnelle knallte er das Blaulicht aufs Dach, wendete in einem filmreifen Stunt in der Einfahrt zur spaßeshalber auch als ›Jurassic-Park‹ bezeichneten Siedlung, um gleich darauf mit quietschenden Reifen in die Eisinghausener Straße abzubiegen und in Richtung Holtland zu rasen.

»Ist der Täter noch vor Ort?«, erkundigte sich Werner.

»Negativ. Täter ist auf der Flucht. Zwei Einsatzwagen sind bereits auf dem Weg, Helikopter wurde angefordert und ist gestartet.«

»In Ordnung, wir sind in circa acht Minuten da, falls wir Steffens Fahrstil überleben. Melden uns wieder. Leda 18/2 Ende.«

In mörderischer Geschwindigkeit donnerte Steffen durch Siebenbergen und Meerhausen.

Doch Werner übte keine Kritik, denn hätte er Martha in einer ähnlichen Situation vermutet, wäre sein Fahrstil nicht anders gewesen. Darüber hinaus ging es nicht nur um Britta. Der Hauptkommissar spürte, dass Jessicas Hände die Rückenlehne seines Sitzes umklammerten. Auch wenn Josefine immer agierte, als sei sie noch keine fünfzig, so machte Werner sich doch größte Sorgen um ihre Gesundheit.

Schon von Weitem sahen sie die zuckenden Blaulichter der bereits eingetroffenen Streifenwagen.

Steffen ließ den Motor laufen und sprang aus dem Auto, als sie das Haus erreicht hatten. »Wisst ihr schon irgendwas?«, fragte er einen uniformierten Kollegen.

Der schüttelte den Kopf. »Der Hubschrauber hat das flüchtige Fahrzeug noch nicht ausgemacht. Klaus und Sina sind drinnen und sprechen mit zwei Frauen, die wir hier angetroffen haben.«

»Danke.« Steffen eilte zur offen stehenden Haustür.

Werner nutzte die Gelegenheit, um selbst den Fahrersitz einzunehmen. Er hielt es für keine gute Idee, würde Steffen im Falle einer Verfolgung weiterhin am Steuer sitzen.

»Wohin ist Hartwig unterwegs?«, blaffte Steffen Maike Rolfs an, sobald er die Küche betrat, in der sie und Ines Schöller mit den beiden Beamten saßen.

»Das hat er uns nicht gesagt!«, antwortete Ines schluchzend.

»Nehmt die beiden vorläufig fest«, wandte sich Steffen an die Kollegen. »Dringender Tatverdacht, Mord und Waffenhandel. Wir nehmen sie uns später vor.« Er machte auf dem Absatz kehrt und lief zurück zum Auto.

Werner winkte hektisch aus dem offenen Fenster und auch die draußen wartenden Streifenbeamten sprangen nun in ihr Fahrzeug.

»Der Hubschrauber hat ihn gesichtet«, informierte Werner und raste los. »Anscheinend hat Hartwig ihn auch bemerkt und ist von der Autobahn runter. Jetzt in Jübberde unterwegs. Ich hab noch weitere Unterstützung angefordert.«

Hochkonzentriert jagte Werner den Wagen auf die Autobahn. Zum Glück war nicht viel Verkehr, und die wenigen Autos, die auf der Autobahn fuhren, machten dem nach wie vor mit Blaulicht fahrenden Dienstwagen rechtzeitig Platz.

Als sie gerade die Autobahnabfahrt erreichten, meldete die Leitstelle, dass die Kollegen aus Jübberde den Wagen gestoppt hätten.

»Was ist mit den Frauen?«, rief Steffen ins Mikrofon des Funkgerätes.

»Ich verbinde euch direkt mit dem Heli«, antwortete Kalle.

Kurz darauf berichtete die Besatzung des Hubschraubers, dass der BMW gestoppt wurde, bisher jedoch noch kein Insasse aus dem Fahrzeug gestiegen war.

»Wir sind gleich da. Haltet uns auf dem Laufenden, falls etwas passiert«, bat Steffen.

»Wir sehen euch schon kommen, ist also nicht nötig.«

Steffen bedankte sich und beendete den Funkkontakt, während Werner mit quietschenden Reifen hinter dem Streifenwagen zu stehen kam.

Die Besatzung des Einsatzfahrzeuges hatte, ein wenig geschützt durch die offen stehenden Türen des Wagens, Stellung bezogen und die Beamten hielten ihre Waffen auf den schwarzen BMW gerichtet.

Auch Steffen, Werner und Jessica sprangen aus dem Auto.

»Rührt sich was?«, rief Werner.

»Scheint darüber nachzudenken, was er jetzt machen soll«, antwortete einer der uniformierten Kollegen.

Auch die Kriminalkommissare nutzten die geöffneten Autotüren als Deckung.

»Hartwig!«, brüllte Steffen. »Steigen Sie aus und legen Sie die Hände an den Hinterkopf.«

»Fuck! Der Typ hat eine Waffe!«, stieß einer der Polizisten aus Jübberde hervor.

Im selben Moment flog die Tür des BMWs auf. Hartwig verschwand kurz dahinter, öffnete dann die hintere Wagentür und bevor jemand etwas unternehmen konnte, zerrte er Britta aus dem Auto. Er hielt sie vor sich und richtete die Waffe auf ihren Kopf. »Verpisst euch und lasst mich fahren. Andernfalls …«

»Was soll der Scheiß, Hartwig?«, brüllte Werner. »Es sind vier Waffen auf Sie gerichtet. In dem Moment, in dem Sie abdrücken, sind Sie ebenfalls tot. Wollen Sie das?«

Matthias Hartwig schien seine Möglichkeiten zu überdenken.

Britta, die fühlte, dass der Mann nicht voll konzentriert war, versuchte Steffen zu signalisieren, dass sie sich bei drei fallen lassen würde.

Doch Steffen schüttelte nur leicht den Kopf. Zwar brachte ihm das einen zornigen Blick seiner Frau ein, doch war ihm eine wütende Britta erheblich lieber als eine tote.

Da stieß Hartwig Britta mit einem Mal von sich und rief: »In Ordnung, ich gebe auf!«

»Idiot!«, zischte einer der Uniformierten. »Fast hätte ich abgedrückt, als er die Frau von sich stieß!«

Britta lief zu Steffen, so schnell es die auf dem Rücken zusammengebundenen Arme zuließen.

Er steckte die Waffe weg und drückte sie fest an sich, während die Kollegen Matthias Hartwig festnahmen und Jessica zu Josefine rannte.

»Kannst du mich bitte losbinden«, murmelte Britta an Steffens Brust.

Er löste die Umarmung und schaute sie an. »Glaubst du ernsthaft, ich hätte auf dich geschossen?«

»Doch nicht auf mich! Den Idioten hättest du abknallen sollen.« Britta grinste. »Ist schon in Ordnung. War bestimmt 'ne doofe Idee.«

Steffen küsste sie und dann band er ihre Hände los.

Inzwischen waren auch die anderen Streifenwagen eingetroffen. Alle waren erleichtert, dass sie gleich wieder abziehen konnten. Auch der Helikopter drehte noch eine Schleife und flog dann davon.

Werner marschierte zu Josefine hinüber, bereit, ihr eine Standpauke zu halten. Doch als er vor der Freundin stand, vergaß er völlig, was er hatte sagen wollen, und nahm sie stattdessen einfach nur in die Arme.

Jessica wischte sich verstohlen die Augen trocken. »Tu das ja nie wieder«, riet sie ihrer Großmutter, als Werner sie losgelassen hatte.

Josefine war viel zu erschöpft, um irgendetwas zu entgegnen. Immer noch wirkte das von Maike Rolfs verabreichte Betäubungsmittel nach und sie hatte wirklich Angst gehabt. Nicht um sich selbst. Sie hatte ihr Leben gelebt und wenn es so oder so ähnlich zu Ende gehen würde, dann wäre das allemal besser, als an einer Krankheit langsam dahinzusiechen. Aber um Britta hatte sie sich gesorgt. Nicht auszudenken, wenn Steffen und Sarah Britta verloren hätten! Eine Träne rollte über ihre Wange.

»Kommt, steigt ins Auto«, forderte Werner alle auf. »Wir bringen euch jetzt erst einmal nach Hause und dann werden wir herausfinden, was wirklich mit Clarissa Kaufmann geschehen ist.«

»Die Tatwaffe liegt im Kartoffelkeller von Maikes Haus«, informierte Britta, sobald sie im Auto saßen und den Heimweg antraten. »Sind allerdings jetzt auch meine Fingerabdrücke drauf.«

»Ist das so ein Tick von dem Hartwig, seinen Krempel überall zu lagern?«, fragte Jessica, die zwischen Britta und Josefine saß. »Seine Waffen lagerte er bei Gerritsens und vielleicht auch bei seiner Schwester und seine Tatwaffe bei Monika Rolfs?«

»Ich glaube nicht, dass Hartwig auch Frau Kaufmanns Mörder ist«, verkündete Josefine. An Britta gewandt, fragte sie: »Hast du das Handy noch?«

»Ja, sicher.« Britta zog das Smartphone aus ihrer Hosentasche und reichte es Steffen nach vorn. »Wir glauben, das ist Frau Kaufmanns Handy. Es lag mit dem herausgenommenen Akku bei dem Beil im Keller. Leider ist der Akku leer, darum konnten wir euch nicht zur Hilfe herbeitelefonieren.«

»Ihr solltet euch in den nächsten Tagen mit einem großen Blumenstrauß bei Grietje Meier, Maike Rolfs' Nachbarin, bedanken. Sie hat uns informiert«, berichtete Werner.

»Das werden wir auf jeden Fall tun«, stimmte Josefine zu.

»Wir müssen ohnehin da noch mal hin. Mein Auto und Josefines Handtasche sind noch dort.«

Steffen antwortete nicht darauf, sondern griff erneut zum Funkgerät und bat darum, dass einer der Kollegen den Land Rover und die Handtasche bei den jeweiligen Besitzerinnen ablieferte.

Sie setzten zuerst Britta zu Hause ab und dann Josefine. Jessica beschloss, darauf zu verzichten, beim Verhör anwesend zu sein. Sie wollte lieber bei ihrer Großmutter bleiben, wofür die Kommissare volles Verständnis hatten.

Theda, die den Wagen in die Einfahrt hatte biegen sehen, öffnete die Tür und schaute Jessica und Josefine überrascht entgegen. »Na, da bin ich aber mal sehr gespannt, wie die Hilfe aussah, die du Britta geleistet hast«, sagte sie. »Reicht ein Tee oder brauchst du etwas Stärkeres?«

»Whisky, Theda. Doppelt.«

Kapitel 20

Bevor sich die Kommissare mit den drei Festgenommenen auseinandersetzten, waren sie erst einmal daran interessiert, dass das von Britta übergebene Handy seinen Inhalt preisgab. Glücklicherweise verfügte Sonja Keller über eine Schublade, deren Inhalt die verschiedensten Ladekabel waren. So war ein für das Gerät passendes Kabel schnell gefunden. Schon wollte Steffen das Handy zur Kriminaltechnik bringen, um die PIN-Nummer herausfinden zu lassen, doch Sonja tippte versuchsweise die Zahlen 1234 ein und hatte tatsächlich Erfolg.

Die Sekretärin grinste breit. »Und da raten wir den Leuten immer wieder, sie sollen sich sichere Passwörter ausdenken.« Sie reichte Steffen das Telefon.

Der Oberkommissar konnte sich ein Grinsen ebenfalls nicht verkneifen. »Manchmal ist es doch gut, wenn die Leute nicht auf uns hören.« Er rief Clarissa Kaufmanns Kontaktliste auf.

»Das ist doch viel zu umständlich. Schau in die WhatsApp. Sieh nach, mit wem sie zuletzt Kontakt hatte«, riet Sonja.

Steffen, der lieber telefonierte, als geschriebene Nachrichten zu verschicken, nickte und folgte Sonjas Rat.

Der zuletzt aufgerufene Chat hatte zwischen Clarissa Kaufmann und Heiko Schöller stattgefunden. Die letzte Nachricht stammte von Clarissa, die Heiko fragte, warum er sich nicht bei ihr melde. Ein Blick auf das Datum verriet Steffen, dass Heiko Schöller zu diesem Zeitpunkt schon tot war. Dennoch bewies das blaue Häkchen, dass jemand die Nachricht gelesen haben musste.

Steffen scrollte höher, um herauszufinden, worüber Clarissa und Heiko sich unterhalten hatten.

»Oho!«, sagte er plötzlich.

Werner und Sonja schauten ihn fragend an.

»Hast du einen Hinweis gefunden?«, wollte Werner wissen.

»Könnte man so sagen. Frau Kaufmann führte mit Herrn Schöller Unterhaltungen, die selbst mir noch die Schamröte ins

Gesicht treiben! Und allem Anschein nach haben sie nicht nur geschrieben, was sie gerne miteinander anstellen würden, sie haben es auch getan. Birgit Möller hatte also recht. Und da Clarissas letzte Nachricht, die nach Schöllers Tod versendet wurde, trotzdem ein blaues Häkchen aufweist, gehe ich davon aus, dass Ines Schöller das herausgefunden hat.«

»Sie griff sich ein Beil, lauerte Frau Kaufmann auf, verfolgte sie in den Feldweg und tötete sie«, schlussfolgerte Sonja.

Werner grinste zufrieden. »Und der Waffenhändler ist bloß ein zufälliger Glücksgriff. Das lobe ich mir.«

»Dennoch sollten wir uns diese Theorie von den Hauptprotagonisten noch bestätigen lassen«, erinnerte Steffen.

Werner klatschte unternehmungslustig in die Hände. »In Ordnung. Dann woll'n wir mal. Vielleicht sind die Herrschaften ja auch ohne Unterstützung ihrer Anwälte gesprächig.«

Noch bevor sie sich zum Vernehmungsraum aufmachen konnten, betrat Kai-Uwe Hanken das Büro. »Moin. Ihr hattet einen ereignisreichen Tag, wie man hört?«

Werner nickte. »Und erfolgreich noch dazu.«

»Auch wir können einen Erfolg verbuchen«, verkündete der Kriminaltechniker. »Tatsächlich fanden wir im Keller von Ines Schöller etliche Waffen. Allerdings mussten wir den Notarzt rufen, da einer der älteren Leutchen, die dort waren, sozusagen aus allen Wolken gefallen ist, als er erfuhr, dass er mit einem Waffenhändler verwandt ist. Als wir da weg sind, war er aber schon wieder kreislaufstabil und ist nur zur Beobachtung ins Krankenhaus mitgenommen worden.«

»Könnt ihr wohl noch bei Maike Rolfs vorbeifahren«, bat Steffen. »Im Keller liegt die Tatwaffe. Durchsuchungsbefehl sollte schon bei Sonja vorne liegen.«

»Klar, kein Problem.«

Werner bedankte sich und Steffen bat telefonisch darum, Ines Schöller in den Vernehmungsraum bringen zu lassen.

»Ich denke, sie ist das schwächste Glied in der Kette. Mit ein klein wenig Druck wird sie uns alles erzählen, was sie weiß«, erklärte er auf Werners fragenden Blick hin.

»Was ist mit meinen Eltern?«, fragte Ines angstvoll, als die Kommissare den Vernehmungsraum betraten. »Wissen sie schon davon?«

»Einer Ihrer Gäste hatte einen kleinen Schwächeanfall, als die Kollegen in Ihrem Keller einen Haufen Waffen fanden. Wir wissen allerdings nicht, um wen es sich handelt, aber es scheint ihm so weit wieder gut zu gehen.«

Ines sprang auf. »Ich muss sofort nach Hause!«

»Setzen Sie sich wieder, Frau Schöller«, entgegnete Steffen nur und nahm selbst Platz. »Sie sind vorläufig festgenommen und es dürfte keine Schwierigkeit sein, für Sie einen Haftbefehl zur Untersuchungshaft zu bekommen.«

Auch Werner setzte sich. »Es sei denn natürlich, Sie machen jetzt und hier eine vollumfängliche Aussage. Dann dürfen Sie erst einmal gehen.«

»Was wollen Sie wissen?« Ines Schöller ließ sich wieder auf den Stuhl fallen.

»Wer hat Clarissa Kaufmann umgebracht?«

»Maike hat das getan. Aber Sie müssen mir glauben – ich wollte das nicht!«

»Steckt Frau Rolfs mit Ihrem Bruder unter einer Decke, oder welches Motiv hatte sie, Frau Kaufmann umzubringen?«

»Ich wollte längst zu Ihnen kommen, um Ihnen zu sagen, dass Maike eine Mörderin ist. Doch dann kam mein Bruder und …«

»Vielleicht erzählen Sie uns die Geschichte einfach mal von Anfang an«, forderte Steffen Ines auf.

Die nickte, atmete tief ein und begann: »Ganz ehrlich, bis vor ein paar Tagen wusste ich gar nicht, was mein Bruder treibt. Er sagte immer nur, dass er geschäftlich in Ostfriesland zu tun habe. Ich habe aber nie gefragt, worin genau diese Geschäfte bestanden.«

»Aber was Ihr Mann getrieben hat, das wussten Sie schon?«

Ines warf Steffen einen verletzten Blick zu. Ihre Augen füllten sich mit Tränen. »Nein, auch das wusste ich nicht. Erst, als nach seinem Tod sein Handy plötzlich piepte. Es war eine Nachricht von Clarissa. Da habe ich den ganzen Chatverlauf gesehen.«

»Was aber auch ein nachvollziehbares Mordmotiv für Sie wäre«, sagte Werner.

»Aber so bin ich nicht!«, fuhr Ines auf. »Natürlich war ich unglaublich verletzt und irrsinnig wütend auf Clarissa. Aber deswegen hätte ich sie doch nicht umgebracht! Es hätte doch nichts ungeschehen gemacht! Und Heiko war tot!«

»Wir sollten Sie nicht ständig unterbrechen. Erzählen Sie weiter.«

»Wie ich schon sagte – ich war unglaublich wütend. Doch ich konnte mit niemandem darüber reden. Meine Eltern … Heikos Eltern … es hätte ihnen das Herz gebrochen. Also ging ich zu Maike. Ich wusste, dass sie mich sehr mag und darum ein offenes Ohr für mich haben würde. Bei ihr brach ich dann völlig zusammen. Allerdings hatte ich nicht geahnt, wie sehr Maike mich tatsächlich mag. Okay, es gab Gerüchte, dass sie auf Frauen steht, aber … egal … Auf jeden Fall flippte sie völlig aus, brüllte herum, wie Clarissa es wagen könne, mich derart zu hintergehen und zu verletzen, und dass sie dafür bezahlen würde. Niemals hätte ich jedoch geglaubt, dass Maike Clarissa deswegen töten würde!«

»Und wie ist Ihr Bruder da hineingeraten?«, wollte Werner wissen.

»Er und Maike kannten sich schon länger. Woher weiß ich allerdings nicht. Da müssen Sie Maike fragen. Ich war selbst überrascht, als ich herausfand, dass sie sich kennen.«

»Und warum sind Sie nicht schon längst zu uns gekommen?«

Ines blickte zu Boden. »Sie haben meinen Bruder doch kennengelernt. Matthias drohte damit, mir diese Waffengeschichte in die Schuhe zu schieben. Darum hat er sie in meinem Keller gelagert. Wer hätte mir denn geglaubt, wenn er die Polizei ruft und mich bezichtigt?«

»In Ordnung, Frau Schöller. Sie dürfen dann gehen, aber halten Sie sich bitte zu unserer Verfügung. Außerdem sollten Sie sich einen Anwalt suchen, denn es kommt auf jeden Fall eine Anzeige wegen Behinderung der Strafverfolgung, vielleicht sogar Beihilfe auf Sie zu.«

Werner rief den Wachhabenden und bat ihn, Ines Schöller zum Ausgang zu begleiten und Maike Rolfs zur Vernehmung zu holen.

»So, Frau Rolfs, dann erzählen Sie uns doch mal ein bisschen«, forderte er Maike auf, sobald sie auf dem Platz saß, den vor einigen Minuten noch Ines Schöller eingenommen hatte.

»Ich habe Ihnen nichts zu erzählen. Fragen Sie Ines und ihren sauberen Bruder. Er ein Waffenhändler, sie eine Mörderin.«

»Frau Rolfs, machen Sie es uns und sich selbst doch nicht schwerer als nötig. Frau Schöllers Fingerabdrücke befanden sich nicht auf der Tatwaffe. Ihre hingegen schon«, pokerte Steffen. »Zudem haben wir die Aussage von Frau Schöller. Sie bezichtigt Sie des Mordes an Heiko Schöller.«

»Hat sie Ihnen auch gesagt, warum ich ausgerechnet ihren Mann hätte umbringen sollen?«

»Natürlich hat sie das. Sie sind verliebt in Frau Schöller und konnten nicht mitansehen, wie sehr sie leidet. Sie wissen, dass Frau Schöller ein schwacher Mensch ist. Darum haben Sie sich kurzerhand an ihrer Stelle gerächt.«

Maike schaute den Hauptkommissar für einen Moment verdutzt an, dann brach sie in lautes Lachen aus. »Dieses dumme, naive Huhn!«, gluckste sie. »So einen Mist erzählt sie? Ach, herrje! Dafür würde ich mir doch nicht die Finger schmutzig machen! Da muss sie sich schon etwas Besseres ausdenken, um mir den Mord in die Schuhe zu schieben.«

»Wofür würden Sie sich denn die Finger schmutzig machen?«, wollte Werner wissen.

»Überhaupt nicht. Und jetzt denke ich, dass ich ohne meinen Anwalt nichts mehr sagen sollte. Schon, weil der jemanden organisieren muss, der sich um meine Hunde kümmert.«

»Tun wir uns Hartwig heute auch noch an oder lassen wir den bis morgen schmoren?«, fragte Steffen mit leidender Stimme, nachdem Maike Rolfs wieder in die Zelle gebracht worden war.

»Du kennst doch den schönen Spruch: Was du heute kannst besorgen …«

»In Ordnung. Dann eben den auch noch. Denkst du wirklich, der erzählt uns mehr?«

Werner zuckte mit den Schultern. »Ich vertraue darauf, dass er Maike alles in die Schuhe schieben wird.«

Matthias Hartwig grinste, als er hereingeführt wurde. »Weiber! Man sollte eben nie mit Weibern zusammenarbeiten.«

Werner warf Steffen einen triumphierenden Blick zu. »Ja, das geht oft schief. Erzählen Sie doch mal, was Frau Rolfs verbockt hat.«

»Lässt die blöde Kuh mich ins offene Messer rennen! Diese Kaufmann, die hat mich gesehen, als der Gerritsen-Hof geräumt wurde. Damals kannte sie mich aber gar nicht und konnte mich darum auch nicht verpfeifen. Und Maike sagte mir nicht, dass die auch in ihrem Hundeverein ist. Letzte Woche musste ich etwas mit Maike klären und renne der Kaufmann über die Füße. Maike sagte mir, das sei kein Problem. Clarissa wisse auch von ihrer Rolle in der Sache. Sie habe sie aber unter Kontrolle, da Clarissa sich von meinem Schwager vögeln ließe und unter gar keinen Umständen wolle, dass Ines das herausfindet.«

»Und dann starb Heiko Schöller eines plötzlichen Todes und Sie hatten kein Druckmittel mehr«, vermutete Werner.

Hartwig nickte. »Und bevor ich eine Chance hatte, mir etwas einfallen zu lassen, schlug Maike Clarissa den Schädel ein.«

»Warum haben Sie Frau Rolfs nicht ans Messer geliefert? Niemand hätte nach irgendwelchen Waffen gefragt.«

»Glauben Sie ernsthaft, Maike hätte sich nicht dafür gerächt und Sie auf meine Spur gelenkt? Die Frau ist ’ne Mörderin. Und wenn sie selbst im Knast sitzt, dann juckt es sie doch nicht mehr, ob ihre Geldquelle versiegt.«

»Geldquelle?«, hakte Steffen nach.

»Was glauben Sie wohl, wovon die ihren topmodernen Shelter in Rumänien gebaut hat? Von den paar Spendengeldern? Nein, nein, den hab ich zum größten Teil finanziert.

Dafür transportierte Maike Waffen in den Hundeboxen. Lief eigentlich ziemlich gut. Aber dann hatte sie Knatsch mit Gerritsen, weil der seine Köter so versiffen ließ. Und mit dem neuen Verein wurde das immer schwieriger, weil Maike bei ihren Fahrten manchmal auch von sehr neugierigen Leuten begleitet wurde.«

»Und Frau Kaufmann wusste davon?«, fragte Werner.

»Sicher. Die war doch zweimal mit in Rumänien. Aber, wie schon gesagt: Mein Schwager in ihrem Bett ließ sie den Mund halten.«

Werner nickte. »Das soll's für heute gewesen sein, Herr Hartwig. Für uns ist das genug, um die Untersuchungshaft für Sie und Frau Rolfs zu beantragen. Der Rest wird vor Gericht geklärt.«

»Was ist mit meiner Schwester?«, wollte Hartwig noch wissen.

»Haben wir nach Hause geschickt. Mit etwas Glück kommt sie mit einer Bewährungsstrafe davon.«

Hartwig nickte. »Das ist gut. Sie hat das alles nicht verdient.«

Epilog

Obwohl Jessica gesagt hatte, dass sie nur wenige Sachen aus Düsseldorf mitnehmen wollte, standen dennoch alle Freunde am Umzugstag in Wiesmoor bereit, als sie und Ralf dort eintrafen. Und das war gut so, denn natürlich war es doch etwas mehr geworden als gedacht, weshalb Ralf vorsorglich einen Kleintransporter gemietet hatte. Dennoch benötigten sie nur zwei Stunden, bis alles seinen Platz gefunden hatte.

»Zu viert hätten wir wahrscheinlich nur eine Stunde gebraucht, weil wir uns nicht gegenseitig im Weg gestanden hätten«, bemerkte Ralf lachend, als sie später alle im Garten saßen. Auch hier waren von den Nachbarn Tische und Sitzgelegenheiten ausgeliehen worden.

Im Garten tollte Sir Toby mit Fritzchen und Polly herum, Thedas neuen Familienmitgliedern. Maike Rolfs würde voraussichtlich viele Jahre hinter Gittern verbringen müssen. Ihre Fingerabdrücke wurden auf der Tatwaffe gefunden und an ihrem Fahrrad befand sich Clarissa Kaufmanns Blut. Darüber hinaus konnten dem Rad die sichergestellten Speichen zugeordnet werden. Nach Maikes Verhaftung hatte Ines Schöller umgehend dafür gesorgt, dass Theda Fritzchen bekam. Als sie ihn abholte, wollte sich die kleine Polly nicht von ihrem Freund trennen, sodass Theda kurzerhand entschied, sie einfach beide bei sich aufzunehmen. Durch Fritzchens freundliches Wesen war auch Polly schnell aufgetaut und wenn sie mit anderen Hunden zusammen sein konnte, störte sie sich an den vielen Menschen gar nicht.

Ines hatte Jojo und einen weiteren der fünf Hunde adoptiert. Sie wollte den Verein weiterführen, wenn auch in kleinerem Rahmen, da sie ja schließlich nur auf Spendengelder zurückgreifen konnte und wollte.

Die größte Überraschung war Grietje Meier, die Bonzo, den letzten der Hunde aus Maikes Zwinger, zu sich nahm. Nachdem sie von Ines erfahren hatte, dass der Verein in ein neues Domizil umziehen würde, war sie plötzlich der

Meinung, ohne Hundebellen vermutlich gar nicht mehr zur Ruhe kommen zu können. Sehr zur Freude von Karl-Heinz Meier. Er und Bonzo waren schon am selben Abend dicke Freunde geworden.

Theda hatte Ines gleich einen Tag, nachdem sie die Hunde abgeholt hatte, mit Monika Gerritsen bekanntgemacht, da sie glaubte, dass sich die beiden Frauen angesichts der schlimmen Zeiten, die sie hinter sich hatten, gut verstehen würden, womit sie recht behielt.

»Denkst du, Ines und Monika werden bezüglich der Hunde zusammenarbeiten?«, fragte Josefine die Freundin mit einem Mal.

Theda nickte. »Könnte ich mir gut vorstellen. Zumal dann alles über Ines laufen könnte und Monika sich keine Sorgen wegen des Tierhalteverbots machen müsste. Womöglich ist die neue Adresse des Vereins bald ein runtergekommener Bauernhof in Pilsum.«

Kriminaloberkommissarin Annika Harms, Werners Tochter aus erster Ehe, erhob sich und das Glas in ihrer Hand. »Da Jessica in ein paar Tagen meine Teampartnerin wird, gebührt mir ja wohl auch die Ehre, einen Toast auszusprechen.«

Alle hoben ihre Gläser.

»Liebe Jessica, ich freue mich sehr, dich bei der Leeraner Polizei willkommen heißen zu dürfen. Möge unsere Arbeit nicht ganz so abenteuerlich, dafür stets von Erfolg gekrönt sein.« Sie warf einen Blick zu Josefine und Britta hinüber. »Und bitte, bitte halte Josefine im Zaum. Was übrigens auch für Steffen in Bezug auf Britta gilt. Prost.«

Allgemeines Gelächter und das Klingen aneinandergestoßener Gläser folgten.

Nur Josefine blieb ernst. Sie beugte sich zu Britta hinüber und sagte leise: »Das wollte ich dir die ganze Zeit schon sagen. Es tut mir unendlich leid, dich in solche Gefahr gebracht zu haben.«

Britta winkte lässig ab. »Na, ist doch nix passiert.«

»Aber es hätte etwas passieren können. Was wäre aus Sarah und Steffen geworden?«

Erst jetzt wurde Britta klar, dass das Geschehene die Freundin wirklich belastete. Sie schaute Josefine ernst an. »Liebe Fine, jetzt wohnst du endlich hier, ich freue mich auf spannende Ermittlungen an deiner Seite und da kommst du mir mit so was? Ich habe mich auch schon erfolgreich selbst in Gefahr gebracht, da kannte ich dich noch nicht einmal.« Sie wies auf Steffen und Werner, die nebeneinandersaßen und in ihre Richtung schauten. »Frag die beiden. Die kennen mich gar nicht anders.«

»Ja, aber wenn …«

»Ja, aber wenn … Ich fahre Auto, das ist unglaublich gefährlich. Sogar in Flugzeuge bin ich schon gestiegen. Und hin und wieder fallen die Dinger vom Himmel. Überhaupt sterben die meisten Menschen im Bett. Soll ich deswegen nicht mehr schlafen? Und was wirst du sagen, wenn mir am Ende ein Stück Weltraumschrott auf den Kopf fällt und mich tötet?«

Nun konnte auch Josefine nicht mehr ernst bleiben. »Weltraumschrott?«

Britta nickte heftig. »Soll alles schon vorgekommen sein.«

Lachend hob Josefine ihr Glas, stieß erst mit Britta an, dann mit Annika und sagte: »Ich fürchte, du wirst mit uns beiden rechnen müssen, Annika.«

Ostfrieslandkrimi-Empfehlungen des Klarant Verlages

Lernen Sie auch die anderen Bücher der spannenden Ostfrieslandkrimi-Serie »Dr. Josefine Brenner ermittelt« kennen.

Eine ehemalige Rechtsmedizinerin löst mysteriöse Mordfälle! Eigentlich lebt Dr. Josefine Brenner gar nicht in Ostfriesland, sondern in Düsseldorf, aber immer wenn sie im hohen Norden ist, zieht sie das Verbrechen wie magisch an. Ob Greetsiel, Wiesmoor, Leer, Pilsum, Ditzum oder Aurich – wo Josefine auftaucht, wird es mörderisch. Die Rechtsmedizinerin im Ruhestand ermittelt auf ihre eigene unorthodoxe Weise, und kommt dabei jedem Täter auf die Spur …

»Mord in Greetsiel«, Band 1
Taschenbuch-ISBN: 978-3-95573-272-1
eBook-ISBN: 978-3-95573-271-4

In Greetsiel geschieht ein Mord nach dem anderen: Erst eine Journalistin, die einer heißen Story auf der Spur war, dann mehrere Pharmavertreter, denen nach dem Mord brutal die Pulsadern aufgeschnitten werden. Treibt ein kranker Serienmörder sein Unwesen in Ostfriesland? Die zuständigen Kriminalbeamten geraten bei den Ermittlungen an ihre Grenzen, doch dann stößt eine Rechtsmedizinerin mit ihren unorthodoxen Ermittlungsmethoden auf den Fall und ermittelt auf eigene Faust. Natürlich missfällt dies dem Mörder – so sehr sogar, dass die tödliche Gefahr nun auch auf die Ermittlerin lauert …

»Mord in Wiesmoor«, Band 2
Taschenbuch-ISBN: 978-3-95573-336-0
eBook-ISBN: 978-3-95573-337-7

»Mord in Leer«, Band 3
Taschenbuch-ISBN: 978-3-95573-449-7
eBook-ISBN: 978-3-95573-450-3

»Mord in Pilsum«, Band 4
Taschenbuch-ISBN: 978-3-95573-540-1
eBook-ISBN: 978-3-95573-539-5

»Mord in Ditzum«, Band 5
Taschenbuch-ISBN: 978-3-95573-662-0
eBook-ISBN: 978-3-95573-661-3

»Mord in Aurich«, Band 6
Taschenbuch-ISBN: 978-3-95573-710-8
eBook-ISBN: 978-3-95573-714-6

»Mord in Emden«, Band 7
Taschenbuch-ISBN: 978-3-95573-822-8
eBook-ISBN: 978-3-95573-823-5

»Mord in Weener«, Band 8
Taschenbuch-ISBN: 978-3-95573-904-1
eBook-ISBN: 978-3-95573-905-8

»Mord in Großefehn«, Band 9
Taschenbuch-ISBN: 978-3-96586-005-6
eBook-ISBN: 978-3-96586-006-3

»Mord in Oldersum«, Band 10
Taschenbuch-ISBN: 978-3-96586-112-1
eBook-ISBN: 978-3-96586-113-8

»Mord in Holtland«, Band 11
Taschenbuch-ISBN: 978-3-96586-215-9
eBook-ISBN: 978-3-96586-216-6

Alle Ostfrieslandkrimis von Susanne Ptak können unabhängig voneinander gelesen werden.

Klarant Verlag

Lernen Sie die Ostfrieslandkrimi-Titel des Klarant Verlages kennen und besuchen Sie uns im Internet unter:

www.ostfrieslandkrimi.de

und

www.klarant.de

Sie können dort Näheres über unsere Autoren erfahren, viele weitere interessante Bücher und eBooks finden und Leseproben herunterladen. Mit dem kostenlosen Newsletter erhalten Sie aktuelle Informationen rund um das Verlagsprogramm, wie beispielsweise spannende Neuerscheinungen und Gewinnspiele.